永恆的经典

一世珍藏的 70 篇
名家随笔

毕军/编

天津出版传媒集团
天津科学技术出版社

图书在版编目（CIP）数据

一世珍藏的70篇名家随笔/毕军编.--天津：天津科学技术出版社，2010.8（2024.5重印）

（永恒的经典）

ISBN 978-7-5308-5840-0

Ⅰ.①一… Ⅱ.①毕… Ⅲ.①随笔-作品集-世界 Ⅳ.①I16

中国版本图书馆CIP数据核字（2010）第126713号

一世珍藏的70篇名家随笔
YISHIZHENCANG DE 70PIAN MINGJIA SUIBI

责任编辑：王　璐
责任印制：刘　彤

出　　版：天津出版传媒集团
　　　　　天津科学技术出版社
地　　址：天津市西康路35号
邮　　编：300051
电　　话：（022）23332399
网　　址：www.tjkjcbs.com.cn
发　　行：新华书店经销
印　　刷：三河市同力彩印有限公司

开本 710×1000　1/16　印张 14　字数 200 000
2024年5月第1版第2次印刷
定价：59.00元

前　言

　　世界文苑里，有大量反映时代的、优秀的鸿篇巨制，这些作品往往卷帙浩繁，也正是这些经历时间考验的、不朽的著作，构建起了文学的宏伟殿堂。这些作品备受人们的喜爱，更是受到各文学流派和文学研究者的极大关注。

　　然而，如果文学世界仅仅只有这些鸿篇巨制，那也未免过于单调乏味。睁大我们的眼睛吧！我们会看到，在这个多姿多彩的文学世界里，还有一群像闪烁而美丽星星一般的优秀的小作品，它们零星分布在世界的各个角落，正像繁星也分布在广阔的夜空里。比起那些宏伟的著作，它们虽然只闪烁着微弱的光芒，但正是这点点的光亮让文学世界变得更加美丽而充实。它们就是随笔。

　　随笔是一类特殊的文体。这种文体少了"繁文缛节"的束缚，成了人们自由自在的思想天地。它或讲述文化知识，或发表学术观点，或评析世态人情，启人心智，引人深思。在写法上，它们往往旁征博引，而不作理论性太强的阐释，行文缜密而不失活泼，结构自由而不失严谨，因此，富有"理趣"是它们的突出特色。

　　中古世纪以后，各国产生了大量的随笔作品，真可谓浩如瀚海，以至难以尽阅。众多的作品中往往都是华章佳制，争奇斗艳，千姿百态。它们或叙事，或阐理，或抒情——浅吟低唱、高歌豪调、严词雄辩、曲理折情，应有尽有。奇思妙语与真知灼见相互辉映，真情实感与自然情境相互交融。奇致优美的随笔是名家对自然、人生、社会、世情、艺术等产生的独特的心灵感悟，它们虽然篇幅短小，但是内涵却丰富，更不乏对艺术的深层理解。

由于世界随笔的篇幅多到不可计数，更有大量的随笔不断产生，以致把世界各国的优秀随笔向读者一一展示的目标变得遥不可及。本书编者精心挑选七十余篇经典的名人随笔敬飨读者。这些作品涉及自然、人生、社会、世情、艺术等各方各面，其作者大都是人们熟知的名人，例如培根、济慈、罗素、蒙田、托尔斯泰、纪伯伦、鲁迅、夏目漱石、海明威、聂鲁达等等。这些作品不但可以帮助我们了解作者的思想、感情、观点等，而且可以在很大程度上提高我们审美、思考、理解、写作等能力，都是值得一世珍藏的经典之作。

目录
CONTENTS

1 《论出版自由》三则 [英国]密尔顿

4 乡村礼拜日 [英国]艾迪生

7 黑衣人 [英国]哥尔德斯密斯

11 致威·史·威廉斯 [英国]勃朗特

13 献辞 [英国]叶芝

17 我为什么生活 [英国]罗素

19 无知的乐趣 [英国]林德

23 天鹅 [法国]布封

27 金字塔感言 [法国]夏多布里昂

30 美洲之夜 [法国]夏多布里昂

31 阿德里安娜 [法国]奈瓦尔

34 有才能的人如何还债 [法国]波德莱尔

37 月的恩惠 [法国]波德莱尔

38 穷人的眼 [法国]波德莱尔

40 铁匠 [法国]左拉

44	希腊礼赞	[法国]马尔罗
48	论生活	[俄罗斯]托尔斯泰
51	静	[俄罗斯]蒲宁
56	家园	[俄罗斯]勃洛克
61	忆亚历山大·勃洛克	[俄罗斯]阿赫马托娃
65	致里尔克	[俄罗斯]帕斯捷尔纳克
68	果戈理	[俄罗斯]费定
71	开始	[俄罗斯]巴别尔
75	精灵	[俄罗斯]纳博科夫
79	洛丽塔	[俄罗斯]金兹堡
82	永生的鲜花	[俄罗斯]别尔戈利茨
86	半张纸	[瑞典]斯特林堡
89	意大利缺钱	[波兰]密茨凯维奇
92	乌云和彩虹	[捷克]聂鲁达
95	在家里的处世之道	[捷克]哈谢克
96	论奴性	[黎巴嫩]纪伯伦
98	浪之歌	[黎巴嫩]纪伯伦
99	罪犯	[黎巴嫩]纪伯伦
100	我最喜爱的书籍	[匈牙利]米克沙特
103	艺术的需要	[罗马尼亚]斯特内斯库
106	樱桃	[阿尔巴尼亚]米吉安尼
109	五四断想	[中国]闻一多
111	婴儿	[中国]徐志摩

113 翡冷翠山居闲话 [中国]徐志摩

116 春 [中国]朱自清

118 白马湖之冬 [中国]夏丏尊

120 蝉与纺织娘 [中国]郑振铎

123 聪明人和傻子和奴才 [中国]鲁迅

126 泪与笑 [中国]梁遇春

129 学问之趣味 [中国]梁启超

133 徒然草(节选) [日本]吉田兼好

135 猫的墓 [日本]夏目漱石

138 藤荚 [日本]寺田寅彦

141 论办事法 [日本]鹤见祐辅

144 蓟色衣(二则) [日本]西胁顺三郎

146 伊豆姑娘 [日本]川端康成

149 听泉 [日本]东山魁夷

152 自由 [印度]泰戈尔

155 竹笛 [印度]泰戈尔

156 新思想 [阿富汗]乌尔法特

158 为人效劳的人 [阿富汗]乌尔法特

159 论天然贵族 [美国]杰斐逊

162 君主 [美国]门肯

164 远和近 [美国]沃尔夫

168 《航行在海浪上》 [墨西哥]内尔沃

171 阿拉孔其人 [墨西哥]雷耶斯

174 回忆与怀念 [墨西哥]鲁尔福

177 新老游戏杂谈 [古巴]马蒂

181 聂鲁达这个人 [古巴]纪廉

184 缪斯的抗议 [哥伦比亚]西尔瓦

187 再次小议文学与现实 [哥伦比亚]马尔克斯

191 我感到痛苦 [秘鲁]巴列霍

193 现实与想象 [秘鲁]马利亚特吉

196 谈谈卡彭铁尔 [委内瑞拉]西尔瓦

200 远方的生活 [智利]聂鲁达

203 长城和书 [阿根廷]博尔赫斯

206 杰出的音乐家 [巴西]安德拉德

211 与自己对话 [奥地利]卡夫卡

214 笔记 [意大利]达·芬奇

《论出版自由》三则

[英国]密尔顿

约翰·密尔顿（1608—1674），诗人、政治家。生于伦敦。1625年入剑桥大学学神学。1638年去欧洲大陆旅行。内战爆发后，立即回国参加反教会与反王权的斗争；1649年被任命为共和国政府拉丁文秘书。这期间，他做了大量宣传工作，写下了《论出版自由》（1644）、《为英国人民申辩》（1651）、《再为英国人民申辩》（1654）等，支持和鼓吹共和革命。王朝复辟后，一度遭受监禁，获释后在双目失明的情况下以口授方式完成了三部伟大的史诗：《失乐园》（1667）、《复乐园》（1671）和《力士参孙》（1672）。三部史诗奠定了他在英国诗歌史上的伟大地位。他的诗歌和散文对英国文学的发展影响深远。

善恶之辨

我们所认识的善与恶在这个尘世的范围内总是相伴生长，密不可分的；而善与恶的知识又是这样的错综纠缠，且惯以形容酷肖的面目出现，这中间的纷纭程度，较之作为长期苦役而罚使塞娥不停分拣的混杂败种，可能更有过之。谁能料到，善与恶的知识这对紧紧相依的孪生兄弟便是从一只吃过的苹果之中，破皮跃入这个世界的。这或许也即是昔年亚当曾经坠入其间的那个劫数——明善恶之辨，或曰，藉恶以知善。因此，既然人类已成今天这种情形，试问离开对恶的知识，智慧将何得而选择，坚忍又何从而施行？那种能将罪恶及其一切诱饵与声色之乐一并擒拿在手，细加审视，而仍能知所趋避，而仍能明辨是非，而仍能择善而从的人，这种人方不愧为真正苦行跋涉的基督教徒。至于那种于德无所施，于行无所表现的逋逃隐遁性的道德，那种从未有冲杀应敌之劳，而只是临阵一逃了事的道德，我委实不敢赞一词；须知不朽之花环是很少可以不备极艰苦而后得到的。显然，我们所携入这个世界的并非纯真一片，我们所带来的倒无虑是种种之不洁；致我们于纯洁者是考验，而考验则必借相反的事物。

出版检查之弊

如果我们想依靠对出版的管制，以达到淳正风尚的目的，那我们便必须管制一切消遣娱乐，管制一切人们赏心悦目的事物。除端肃质朴者外，一切音乐都不必听，一切歌曲都不编不唱。同样舞蹈也必设官检查，除经获准，确属纯正者外，其余一切姿势动作俱不得用以授徒；此节柏拉图书中本早有规定。但要想对家家户户的古琴、提琴、吉他逐一进行检查，此事确乎非动用二十个以上检察官莫办；这些乐器当然都不能任其随便絮叨，而只准道其所应道。但是那些寝室之内低吟着的绵绵软语般的小调恋歌又应由谁去制止？还有窗前窗下、阳台露台也都不应漏掉；还有坊间出售的种种装有危险封皮的坏书；这些又由谁去禁绝？二十个检察官敷用吗？村里面自也不应乏人光顾，好去查询一下那里的风笛与三弦都宣讲了些什么，再则都市中每个乐师所弹奏的歌谣、音阶等等，也都属在查之例，因为这些便是一般人的《理想乡》与蒙特梅耶……脱离现实世界而遁入到那些碍难施行的"大西岛"或"乌托邦"式的政体中去，决不会对我们的现状有所补益；想要有所补益，就应当在这个充满邪恶的浊世中，在这个上帝为我们所安排的无可逃避的环境中，更聪明地去进行立法。

言论自由之利

正像在躯体方面,当一个人的血液活鲜,各个基本器官与心智官能中的元气精液纯洁健旺,而这些官能又复于其机敏活泼的运用中恣骋其心智的巧慧的时候,往往可以说明这个躯体的状况与组织异常良好那样,同理,当一个民族心情欢快,意气欣欣,非但能绰有余裕地去保障其自身的自由与安全,且能以余力兼及种种坚实而崇高的争议与发明的时候,这也向我们表明了它没有倒退,没有陷入一蹶不振的地步,而是脱掉了衰朽腐败的陈皱表皮,经历了阵痛而重获青春,从此步入足以垂懿范于今兹的真理与盛德的光辉坦途。我觉得,我在自己的心中仿佛瞥见了一个崇高而勇武的国家,好像一个强有力者那样,正从其沉酣之中振身而起,风鬟凛然。我觉得,我仿佛瞥见它是一头苍鹰,正在振脱着它幼时的健翮,它那目不稍瞬的双睛因睁对中午的炎阳而被燃得火红,继而将它的久被欺诓的目光疾扫而下,俯瞰荡漾着天上光辉的清泉本身,而这时无数怯懦群居的小鸟,还有那些性喜昏暗时分的鸟类,却正在一片鼓噪,上下翻飞,对苍鹰的行径诧怪不已;而众鸟的这种恶毒的叽叽喳喳将预示着未来一年的派派系系。

乡村礼拜日

[英国]艾迪生

约瑟夫·艾迪生（1672—1719），文学评论家、散文家。出生于一主教家庭。中学时与理查德·斯梯尔同学。1693年在牛津大学获硕士学位。1706年任副国务大臣，旋任议会议员。他是英国期刊文学创始人之一。1709年至1711年间，与理查德·斯梯尔合编《闲谈者》，每周三期。后又主编《旁观者》日刊（1711—1712；1714），为主要撰稿人。这些刊物主要登载报道、评论、特写和小品文，内容涉及家庭生活、个人修养、礼节等。艾迪生撰稿最丰，且文笔精悍、亲切隽永，在英国散文中独树一帜。

　　我向来对乡村的礼拜日最有好感；我想，即使这每周第七天上做做礼拜是人订的制度，它在有裨人的熏陶教化方面也不失为一种再妙不过的良好办法。因为毫无疑问乡间的人很快会变得野蛮粗鄙不堪，如若不是这类节日不久便定期来复，而这时全村的人都将面带最可亲的笑容，身穿最清洁的衣着，彼此欢聚一起，畅谈种种，聆听牧师讲解有关责任义务的道理，并一道向着最高神灵钦崇礼拜。礼拜日将能清除一周以来人们身上的锈垢，不仅能将人们心灵中的宗教观念复炽起来，而且将使一切男女相见时个个文雅体面，另外还将尽量发扬各类长处美德，而这些最能在村人眼中引起注目。一个庄稼汉会在教堂庭院中出名，正如一个城市公民会在交易所中出名那样，因为一个教区之内的种种大事便是趁祈祷或打钟前后在那里商量决定的。

我的友人罗吉爵士素性虔心爱教，乐善好施，曾经出资将教堂内部装饰一新，沿壁所镌经文，即系出于他的亲选；他还恭献精美祭台台布一方，此外圣桌外面的围栏建造也都仰赖他的慷慨捐输。他便多次向我说过，他初来此地接管其产业时，发现这里的教民不懂教中礼节；因而为了使他们一切跪拜如仪，应唱方便，他另向每人施舍跪垫一具，公祷经文一卷；同时聘得一位巡回教唱先生，游行村中，到处指点人们如何按调诵经；今天村中人对他们自己的这番成就甚感满意，因在这点上这里的确远胜于我所见过的许多其他乡村教堂。

罗吉爵士既身为此地全体会众之主，故对教民也能管理有方，例如他便绝不允许任何人在做礼拜时打盹睡觉，除了他自己；如果遇到讲道中间，他因不胜其昏昏也自不免蒙眬了一阵，那么一醒之后，他必马上站立起来，四下张望，这时如果发现谁在打盹，那便不是由他亲去把他唤醒，也要打发他的仆人前去。这位爵士的其他几种怪癖也每每在这类场合暴露出来：例如他在吟诵赞美诗时便有时把一个句子拖得过长，别人早已结束，他还没有念完；另外有时他对祈祷的内容生了兴趣，便又对这同一段经文连呼"阿门"不止；再不然便是，别人都正在跪着，他忽然站了起来，把在场的会众计数一遍，或者检点一下他的哪个佃户缺席未到。

昨天一件使我非常吃惊的事便是，礼拜中间，我突然听见我那老友喊叫一个名叫约翰·马修斯的人，让他注意自己的行为，不要扰乱祈祷的会众。这个约翰·马修斯看来是个有名懒汉，那时正跺着脚跟解闷。爵士的权威虽然向来便好以那种极其古怪的形式出之，对于整个教区却仍然大有好处；这里的人由于教养不足，根本看不出他的举止有何可笑之处；另外爵士的一般思想见识与人品道德也会使这点怪癖在他朋友们的眼中不但不致有损于他的名誉，反而会增添他的美德。

讲道完毕之后，众人照例总是先等罗吉爵士走出教堂，方肯动身出来。这时爵士便从他那高坛座处下来，行经站起身来向他施礼的两旁佃户教民之间，并不时向他们询问他们那些不曾前来的父母妻子最近可好；这些询问实即暗寓着对不到者的一种责备。

教堂的牧师经常告诉我说，每逢教理问答日罗吉爵士感到哪个孩子的回答满意，他总要派人于次日送去《圣经》一部，以资鼓励，甚至另附咸肉一束给那孩子母亲。此外罗吉爵士还给礼拜领经人每年增薪五镑，以便他在督促年轻人的辅祭事务上格外尽心；罗吉爵士并曾宣布，目前在职人的年事已高，将来一旦缺位时，继承的人应是德才兼备者。

罗吉爵士与其牧师之间的这种契合无间共襄善举等等，如与其邻村的情形相比，便益见其难能可贵，因为那里素来便以纠纷不合闻名，牧师与乡绅之间互相攻讦，无止无休。牧师训诫的对象时时不离乡绅，而乡绅为了报复牧师又永不涉足教堂。乡绅把他的佃户都带成了无神论者，甚至偷税分子，而牧师则每礼拜日又必向他们晓谕他自己神职之庄严，并借每次讲道机会暗示他比他的那位东家要高尚得多。总之，事情竟已闹到如此严重程度，结果乡绅已有半年时期不论在公私场合都不曾作过祈祷，而牧师便威胁他，如果乡绅还不知改过自新，他必将当着全体会众之面为他公开祈罪。

按这类纠纷在乡村虽属数见不鲜，但究于一般人极为不利；一般人既长期眩于金钱的焰势，故凡事只知尊重财主之见，而不知尊重学者之见；我们往往很难帮助他们去重视任何道理，不管所讲的道理对他们是如何关系重大，而其理由不外是，好几位每年进项五百镑的人便不相信这一套！

黑衣人

[英国]哥尔德斯密斯

奥利弗·哥尔德斯密斯（1730—1774），诗人、剧作家、小说家、散文作家。生于爱尔兰一个牧师家庭。1749年毕业于都柏林大学三一学院。1752年到苏格兰爱丁堡大学医。后去欧洲数年，1756年回到英国后曾当过编辑，给杂志撰稿。1762年发表的散文文集《世界公民》为他赢得了声誉，此文集文体自然流畅，充满智慧，被公认为英国散文的杰作。其他作品有小说《威克菲尔德的牧师》（1766）、诗作《荒村》（1770）、喜剧《委曲求全》（1773）。

虽然我对很多相识都有好感，但愿意深交的却仅是少数。我经常提起的那个黑衣人便属于这类能够与之缔交的人，因为他能取得我的尊重。的确，他的举止不免有着某些刁钻古怪前后矛盾的地方，在这个通国之内无人不怪的环境当中，他可以说是尤其古怪。明明天生一副慷慨热肠，简直到了无所不至的地步，却偏偏要违心矫情，非叫人把他视作悭吝之尤不可；虽然种种龌龊自私的话语时时挂在他的口边，但是一片仁厚慈祥的气息却处处见出他的心地。我便听他说过他自己是个仇视人类的人，然而他的双颊之上却明明洋溢出他的恻隐之心；反之，在一腔怜悯已使他看来若不自胜的时刻，我却偏偏听他讲过最没遮拦的刻薄言语。一些人喜欢假冒仁爱慈善，另一些人则好夸说这些来自他们的天性；至于以其天生之仁为不体面的人，则在我所认识的人们当中，他实为仅见。他往往费尽心思去掩盖他的感情，正如假善者之荫蔽他的冷漠，但是这事终是防不胜防，所以稍一疏忽，便一副假面落地，这时即使见识不深的人也能窥见他的真情。

最近一次去城外散步，谈话间偶尔涉及我国穷人的赈济问题，对此他似乎不胜惊讶，提出，在法律对救济工作早已作有充分规定的情况下，他的国人何以竟昏聩不明至如此地步，乃至偶有几个贫民，便又考虑加以声援。"目前在各个教区赈济所中"，他道，"贫民的衣食都供应得非常齐全，有火可烤，有床可睡；他们不该再不知足，设身处地，我都不会再不知足；但看来他们还是感觉不满。我真奇怪我们的官吏竟是这样无能，不把这些流浪之徒拘禁起来，因为他们只会给勤劳的人增加负担；我真奇怪还有人肯去救济，他们不懂这样去做，在一定程度上，便是鼓励怠惰、浪费乃至诈骗。如果还有什么人值得我一劝的话，我一定要奉告他切不可听信他们的花言巧语而轻易上当：请相信我的话吧，先生，这些人都是骗子，一个也不例外，他们只配坐牢，不配救济。"

就在他以这种口吻向我滔滔不绝地竭力劝诫不可滥施义举（其实这点我本不至于）的当儿，一个老者便已走了过来，乞求我们发点慈悲，他周身的衣服，破敝之中，仍透露出原来的优良质地。他一再向我们表白，他不是一般乞丐，现在被迫出此，纯是为了家中垂危的老妻和五个子女的活命。由于对这类谎话早有经验，他的胡说对我丝毫不生影响；但是对这位黑衣人则大不相同；我看得清清楚楚，那番话对他的面容起了明显作用，致使他把那一套激烈言词立即收了起来。我心里非常明白，这时他的内心正不知怎么急着去救救那几个可怜儿童，但却又不好意思把自己的弱点暴露给我。就在他这样犹豫不决，不知是该去同情还是该顾面子的当儿，我假装把脸转向别处，于是他马上抓住这个刹那，把一枚银币递将过去，但同时却又训诫他以后一定要自己干活去挣饭吃，而不应再用这种谎言去逼索路人，——当然他这些话都是为了讲给我听的。

或许他自以为这事干得悄密，所以此后一路之上他又继续严厉痛斥起乞丐来，那汹汹之势，真是丝毫不减刚才；他还顺手举了不少例子，以证明他自己是如何出奇的慎重精明和善于盘算，以及在揭穿骗术上的巨大本领；他发表了他如当官之后处治乞丐的一套办法，例如扩大监狱，以广收容，等等；另外还讲了两件妇女遭到乞丐抢劫的事。他正准备讲他那第三件事，这时一个带有一条木腿的水手模样的人已来在我们面前，向着我们一边祝福，一边求乞。我本打算赶紧走开，对他根本不加理睬，但我的友人用他那含情的目光向这可怜的求告者瞥了瞥后，却拉我站住，目的是要向我显示一下他揭露骗术的熟练的本领。

于是他装出一副神气十足的样子，并以一种满含怒气的口吻钉问那水手曾干过何种营生，以致弄得残废不能劳动。那水手也以同样怒气冲冲的语气回答他说，他曾在一艘私掠船上担任过军官，某次在国外作战——以保卫国中那些游手好闲的人——期间，他失去了他那条腿。听到这里，我那友人的一副俨然神气登时消得无影无踪；他再也没有更多的东西好问；他现在心中盘算的只是寻个什么方法去帮帮那人，而又不被人家看见。但这事在他并不好办，因为他在我面前还不能不继续维持他那副狠毒样子，而同时又能救救那水手和他自己。于是狠狠地向那人背上一条带子上系着的木片捆扫了一眼之后，他厉声问道，他的这些火柴怎么卖法；而且不等对方回答，就又非常生硬地说要买上一个先令。水手对这买法起初感到突然，但马上理解了他的意思，便把那火柴一股脑儿地塞给了他，并道，"老爷，请收下我的全部货物吧，外加我的一份祝福。"

成交既毕，我的友人遂带上他新购的货物阔步前去，那一副兴高采烈的神情真是言语难以形容：他一再向我说明，他深信不疑，那些人的东西都是偷来的，否则何至半价便肯出手。他向我讲解了那些木片的用途；特别详细阐述了用火柴点蜡比把蜡凑到炉边去点能节省多少。他再三申说，他宁可舍掉他的牙齿，也舍不得把自己的钱送给坏人，除非这样做法确有价值。我说不清他关于火柴与节俭的这篇赞辞还将继续多久，如若不是因为突然另一幅景象又占据了他的注意，而这个比那前面两个都更加悲惨。一个怀中抱了一个背上又背了一个孩子的破衣烂服的女人，正在努力向他献支小曲，而她那声音竟是如此般的惨不忍闻，谁也说不清她是在唱还是在哭。一个明明苦不堪言的可怜女人却偏要在人面前强颜欢笑，这情景，确实超出了我友人的经受限度：他登时惨然不欢，口中的说教停了下来，而且这回连那外表的假装也统统忘掉。他甚至当着我面便把手伸进衣袋里去，意思想帮她一把；但当他发现他身上仅有的钱已因前面两个而给了出去时，他那份慌乱的神情实在难以言喻。一时深印在那妇女面庞上的一脸苦相尚不及他自己脸上所流露出的痛楚更加惹人注目。他又继续搜索了一番，但仍无结果；最后，稍稍定了定神，既然无钱可舍，他于是以一副难以名状的慈祥神情，把他那价值一先令的火柴迅速塞进她的手里。

致威·史·威廉斯

[英国]勃朗特

夏洛蒂·勃朗特（1816—1855），小说家。出生于贫苦的牧师家庭，像她最著名的小说《简·爱》（1847）的主人公一样，她上过教规严厉、生活条件恶劣的寄宿学校，后来当过教师和家庭教师。《简·爱》塑造了一个心地纯正、勇于捍卫独立人格的女性形象，成为英国文学中的经典之作，深受世界各国读者的喜爱。夏洛蒂·勃朗特在艰辛的生活中留下了上千封书信。这些书信真实地记录了夏洛蒂·勃朗特的感情生活，文学观念，读来甚为感人。

（1848.10.6）

感谢你真正友好的信，以及同时寄到的《布莱克伍德杂志》。它们寄到时，正值我在病中，心情十分郁闷，它们都对我有好处，尤其是你的信。对你的友谊的表示，我只有一个毛病好挑，那就是，你似乎把我想得太好，我当之有愧。我觉得，你总是把你的一般同类估价过高，而对你所关切的人，则只看到他的优点。这种思想习惯，其必然结果是失望。请相信，所有的男人以及女人，都来自尘土，在那晦暗的皮囊里，只有一星半点神圣的灵光偶然闪现——仅此而已。

当我凝视着我死去的弟弟那高贵的五官和前额（大自然赋予了他比姐妹们更美好的外表和更健康的体魄），我不禁暗自发问：他既拥有众多的天赋才能可供利用，助他向上，是什么缘故使他老是走错路，老是趋向堕落？我仿佛得到某种令人压抑的启示，悟到了人性的脆弱，悟到了这个道理：缺少宗教和道德原则的支柱，哪怕天才也不足以引人走向真正的伟大。他从不相信这两宗事物的价值和现实性，直到临终前几天。他仿佛突然敞开了心田，相信了它们的存在和价值。这个奇异的转变，现在回想起来，深深宽慰了我可怜的老父。我自己怀着痛苦、哀伤的快意，听到他在弥留之际低声祈祷，当我父亲在床边为他做完最后的祷告时，他说了声"阿门"。这个词出自他的口是多么不寻常，不认识他的你，是难以想象的。同这个转变息息相通的是，他对亲人的感情也发生了变化——所有的愤懑似都消失了。

当临终的挣扎过后，最后一次可怕的痛苦过去，继之而来的是大理石般的平静，我产生了一种前所未有的感觉，相信他得到天国的平安和宽恕。他所有的过错——干脆说，所有罪恶，在那一刹那于我似都微不足道了；他所做的每一桩错事，引起的每一个痛苦，全都消失无踪了。想得起的只是他的苦难；感受到的只是天然的骨肉情的绞心之痛。如果人能够这样忘却同类的缺陷，那创造了人类的永恒者该何等慷慨地宽宥他的创造物啊！即令他罪恶滔天，其色猩红——如今我相信其白如雪——他现在安息了；这一点使我们都得到安慰，因为，在他谢世很久以前，生活于他就已毫无欢乐可言。

《布莱克伍德杂志》关于《简·爱》的提法甚令我满意；假如在文学抱负之外的其他感情的骚动在我心中稍为平息，我会更感满意。

献 辞

[英国]叶芝

威廉·巴特勒·叶芝（1865—1939），爱尔兰诗人、剧作家。出生于都柏林一个画师家庭。一生创作可分为三个阶段：早期倾向浪漫主义；中期接近现实生活，充分表现了爱尔兰民族特有的热情和幻想；后期作品表现出现实主义、象征主义和哲理诗三种风格，达到较高的艺术成就。1923年获诺贝尔文学奖。代表作有诗剧《心愿之乡》（1894）、《胡里痕的凯瑟琳》（1902），诗作《1916年的复活节》（1921）、《钟楼》（1928）、《盘旋的楼梯》（1929）等。

——献给维斯蒂基亚

一

我一直认为我们所写的，是对于年轻时朋友们的赞扬或忠告，而且即使我们活得比朋友们更长些，我们还会继续并修正在二十五岁前就开始了的话题。四十年前我们一群年轻人在伦敦相遇，在巴黎讨论神秘哲学，也许写此书的目的就缘于此。你以你的美貌、学识和神秘的禀赋让所有的人仰慕。

虽然在写献辞初稿时，我已三十多年没见到你了，不知你的下落，也不知你在做什么；虽然自从我们用希伯来文抄写有七十二天神名字的犹太《施马汗福拉施》以来，发生过很多事情，但很显然我必须将此书题献给你。我们从前的朋友或是朋友的朋友都已去世，或已疏远。弗罗伦斯·法尔快近五十岁时，人老珠黄，做出一个我们都不曾梦想过的决定：到斯里兰卡一所为本地人开的学校当英文教师，以便学习东方思想。后来她就死在那儿了。另一位朋友当了和尚，十几年前我认识的一位旅行家在缅甸的一所寺院里见过他。还有一位朋友经历了奇特的冒险，也许是所有冒险中最奇特的——柏拉图式的精神恋爱。当他还是个孩子时，保姆告诉他："昨晚一个天使俯在你床上呢！"十七岁那年他夜里醒来，在床边看见一位美妇人的幽灵。不久他便热衷于各种爱情冒险，直到大概是他五十岁那年——当时他体力还很充沛——他认为"我只需要上帝，不需要女人"。后来他与一位年轻漂亮的女友产生了爱情。虽然只有通过最痛苦的斗争才抑制住情欲，他还是与女友纯精神地生活在一起。他们这样做绝不是出于成见——我想他们没有成见——而是出于一种清醒的认识，觉得某种东西只有通过似乎是对生命毫无必要的践踏才能获得。后来她死，而他又活了一段时间，见到了她的幽灵，并通过她获得了某些圣人的传统经验。他是我的挚友，假如他还活着，我会要求他接受本书的献辞，虽然并不指望他会满意此书。因为在他后半生，他只关心一种极为简朴的虔诚。我记得我们大家不同于一般的哲学或宗教学生，因为我们相信真理不可能被发现，而只可能被启示；相信一个人如果不失去信仰，并做好某些准备，那么启示在适当的时机会降临于他的。有一位英格兰北部的黄铜铸工，常来拜访我们，他相信每年都有某一瞬间会带来"至善"，"智者的石头"。因为很显然，必须有一种交流的工具和象征，所以也有人认为信使会自己让人认出来，比如说在一列火车里，或是让人寻找之后在某个遥远的地方找到。我认为那时我们充满了代代相传的幻想，而现在是一种阐释，一种乡村的民间传说。那种幻想并没有为我们非常现代的理智解释这个世界，但它唤醒了某种已被遗忘的冥想方法，主要是如何中止意志，使思想成为自动的，成为一种可能的与幽灵交流的工具。它将我们带向变幻的道，我们学会了这样称呼它。

二

有人在寻找精神幸福，或是某种未知力量的形式，但我有个实际的想法。我渴望一种思想系统，可以解放我的想象力，让它想创造什么就创造什么，并使它所创造出来或将创造出来的成为历史的一部分，灵魂的一部分。希腊人肯定有过这样一种系统，但丁也有过——虽然薄伽丘认为他是个痛苦的党徒，是现代抽象的人——从他以后我想再没人有过这样的系统。当我停止所有积极的探索，但并没有停止欲望之后，我得到了本书所基于的材料。我终于得到了我所需要的，但这些材料也许来得太迟，我的确没发现什么新东西，后面我将证明斯威登伯格和布莱克，以及他们之前的很多人，已经了解了所有事物都有自己的螺旋；但斯威登伯格和布莱克喜欢将它们作隐喻式的解释，所以我是第一个用《圣经》或神话中的人物、历史运动，以及行动中的男人和女人来解释的人。

三

我有时会狂喜，就像我写《众魂之夜》那次，但有时也会记起自己对哲学的无知，我怀疑自己是否能让别人分享自己的激动。我最怕让那些读者失望，他们出于对我的诗的喜爱才来读此书。我劝他们不要看《巨轮》那章，卷二也全不用看，他们最好浏览一下书里的诗歌，还有我关于生命和历史的评注。另一方面，我从前的伙伴们也许只看专门性和解释性的那些部分。思想而无行动，思想就什么也不是，但如果他们愿意掌握书中最抽象的部分，并使之成为他们幻象的基础，那么幕布也许会提起来，而上演的正是一部新剧。

我敢说我将使此书更为丰富，也许是极为丰富，如果我把书在身边再留一年，况且我还没全面论述我的课题，甚至没涉及最主要的部分，关于"至福幻象"什么也没写，性爱也只写了一点；但我很想将此书付印，不然我很可能再写些诗加在书中。如果有精力的话，我现在就能发现我一直没找到的那种单纯。我再也用不着写像《月相》《自我支配你》那样的诗了，再也不要虚掷岁月，努力以抽象观念代替我曾计划过的戏剧，我这样做过三四回了。

四

我肯定将来某一天我会完成我现在开始的事，而现在我的想象力落在鲍伊斯·马瑟的《天方夜谭》上，这本书还在家里等我。我想忘掉东方的智慧，只记住它的渊博与浪漫。但当我漫步于奥古斯都和台比留斯曾漫步过的峭壁，我明白了这种似乎进入了一切可见与有形事物的强烈情感，并非来自智慧的反作用，而正是智慧本身。我昨天在海边看见凋零的葡萄园，我把褐色的藤条从峭壁边沿薄薄的泥土中挪开，在路口看见果实累累的橘林和柠檬林，还有绛红的仙人球花，我感觉到从蓝色间落下的温暖的阳光，默默低语，像我无数次低语过那样："我永远是它的一部分，也许无法摆脱，忘记生命，又回归生命，不断轮回，就像草根里的一只昆虫。"低语时没有恐惧，甚至却是狂喜。

我为什么生活

[英国]罗素

伯特兰·罗素（1872—1970），著名思想家。早年入剑桥三一学院，从师著名哲学家兼数学家怀特海。一生学术成就卓著，著作涉及哲学、数学、教育学、经济学乃至政治学等学科，是20世纪最大的唯心主义运动分析哲学的创始人之一。晚年的罗素积极投身国际政治运动，成为一名和平主义倡导者。1950年，因写作了多种多样"捍卫人道主义理想和思想自由"的意义重大的作品而获诺贝尔文学奖。

三种单纯然而极其强烈的激情支配着我的一生，那就是对于爱情的渴望，对于知识的寻求，以及对于人类苦难痛彻肺腑的怜悯。这些激情犹如狂风，把我在伸展到绝望边缘的深深的苦海上东抛西掷，使我的生活没有定向。我追求爱情，首先因为它叫我销魂，爱情令人销魂的魅力使我常常乐意为了几小时这样的快乐而牺牲生活中的其他一切。我追求爱情，又因为它减轻孤独感——那种一个颤抖的灵魂望着世界边缘之外冰冷而无生命的无底深渊时所感到的可怕的孤独。

我追求爱情，还因为爱的结合使我在一种神秘的缩影中提前看到了圣者和诗人曾经想象过的天堂。这就是我所追求的，尽管人的生活似乎还不配拥有它，但它毕竟是我终于找到的东西。

我以同样的热情追求知识。我想理解人类的心灵。我想了解星辰为何灿烂。我还试图弄懂毕达哥拉斯学说的力量，是这种力量使我在无常之上高踞主宰地位。我在这方面略有成就，但不多。

　　爱情和知识只要存在，总是向上导往天堂。但是，怜悯又总是把我带回人间。痛苦的呼喊在心中反响、回荡。孩子们受饥荒煎熬，无辜者被压迫者折磨，孤弱无助的老人在自己的儿子眼中变成可恶的累赘，以及世上触目皆是的孤独、贫困和痛苦——这些都是对人类应该过的生活的嘲弄。我渴望能减少罪恶，可我做不到，于是我也感到痛苦。

　　这就是我的一生。我觉得这一生是值得活的。如果真有可能再给我一次机会，我将欣然重活一次。

无知的乐趣

[英国]林德

> 罗伯特·林德（1879—1949）批评家，散文家。生于北爱尔兰贝尔法斯特。曾在当地的女王学院就学。迁居伦敦后，担任《新闻记事》的文学编辑。多年用Y·Y·的笔名为《新政治家》杂志每周撰写一篇散文。他与E·V·卢卡斯都是复兴查尔斯·兰姆散文体的传统的先驱。代表作有：《无知的乐趣》《蓝狮》《想起来就让我颤抖》和《生活中的种种古怪小事》。

  一个人在乡下散步而不对自己的无知的领域像海洋那样宽阔感到惊讶是不可能的。成千上万的男女活着然后死去，一辈子也不知道山毛榉和榆树之间有什么区别，不知道乌鸦和画眉的啼鸣有什么不同。很可能，在一座现代化的城市里，能够辨别乌鸦和画眉的啼鸣的人是例外。这并不是因为我们没有见过这些鸟，而仅仅是因为我们没有注意到它们。我们整整一生都有鸟生活在我们的周围，然而我们的观察力是如此微弱，以致我们中间许多人弄不清楚苍头燕雀是否会唱歌，说不出布谷鸟是什么颜色。我们像孩子似的争论布谷鸟是否飞的时候总是唱歌还是仅仅有时候在树枝上唱歌，争论查普曼的下面两行诗是根据他的想象呢还是根据他对大自然的认识写的：

  当布谷鸟在翠绿的橡树怀中歌唱，

  初次使人们在明媚春天心花怒放。然而，这种无知并不完全是可悲的。从这种无知我们可以得到有所发现的乐趣，这种乐趣是经常的。只要我们是足够无知韵，那么每年春天，大自然的每一个事实就会来到我们面前；而每个事实的上面还带着露水。如果我们活了半辈子还从来没有见过布谷鸟,而且只知道它是一个流浪者的声音,那么当我们看到它因为深知自己的罪过而从一座树林匆匆忙忙地飞逃到另一座树林时,我们是特别地高兴的;我们对布谷鸟在敢于降落到枞树山坡上(那里可能有复仇者潜伏着)之前,像鹰那样在风中停住,长长的尾巴颤抖着的样子,也特别地高兴。假装说博物学家在观察鸟类生活中并无乐趣是荒谬的,但他的乐趣是稳定的,同生平第一次看见布谷鸟的人的最初兴奋心情相比,几乎是一种理智的、缓慢沉重的消遣;而且瞧吧,世界给变成新的啦。

而,至于这点,甚至是博物学家的幸福在某种程度上也依靠他的无知,无知给他留下这类新天地让他去征服。他可能在书本上已经达到了知识的顶峰本身,但,在他用自己的眼睛证实每一个光辉的细节之前,他仍然感到是半无知的。他希望亲眼看见雌布谷鸟一种罕见的情景——在地上下蛋然后用嘴把蛋叼到窝里(在这窝里注定要发生杀害幼鸟的事件)去。他将一天又一天地坐在那里,望远镜紧贴着眼睛,为的是亲自确认或驳斥这样的说法,说布谷鸟确实是在地上而不是在窝里下蛋的。而,如果他是十分有幸竟然发现了这种最遮遮掩掩的鸟在下蛋,那么也仍然有其他领域在等待他去征服,有一大堆有争论的问题等待他去解答,例如布谷鸟的那只蛋的颜色是否同窝里(布谷鸟把它的那只蛋遗弃在这窝里)其他蛋的颜色总是相同的。无疑,科学家们迄今没有理由为他们错过的无知而哭泣。要是他们似乎什么都懂,那么这仅仅是因为你我几乎什么都不懂。在他们发掘出的每一个事实下面总是有一笔无知的财富在等待着他们。他们将永远不会比托马斯·布朗爵士更多知道塞壬唱给尤利西斯听的是什么歌。

我把布谷鸟请了进来作为例子来说明普通人的无知,这并不是因为我可以就这种鸟作权威性的发言。理由仅仅是因为我曾经在一个似乎受到过非洲所有布谷鸟的侵袭的教区里度过春天,我从而认识到,对它们,或者任何一个我遇见过的人,是了解得十分少的。但你的和我的无知并不局限于布谷鸟。它涉及所有上帝创造出来的东西,从太阳和月亮一直到花卉的名字。我曾经有一次听到一位聪明的太太问,新月是否总是在相同的星期几出现。她补充说也许最好是不知道,因为,如果人们事先不知道什么时候、在天上的哪个地方能够看见新月,那么它的出现总会给人带来意外的愉快。然而,我想,即使对那些熟悉新月的活动时间表的人们,新月也总是出乎意料地来到的。我们并不会因为我们对一年四季的职司有足够的知识,知道要在三月或四月,而不是在十月里,去找报春花,而在发现一株早开的报春花时就不那么高兴。我们也知道苹果树是在结果子之前而不是在结果子之后开花的,但当五月份我们到一家果园去度假日时,这并不会减少我们对假日之美妙所感到的惊讶。

也许,与此同时,每年春天重新温习许多花卉的名字会有一种特殊的愉快。这就像重读一本人们几乎已经忘记了的书一样。蒙田告诉我们说,他的记忆力非常糟糕,糟到每次读一本旧书就好像以前从来没有读过这本书一样。我自己就有一个不可捉摸的、有漏洞的记忆力。我甚至能够读起《哈姆雷特》和《匹克威克外传》来好像是在读新作家油墨未干的作品一样,因为在一次阅读和另一次阅读的间隔中间,这些书的内容有那么多都消失了。有些时候,这样一种记忆力是一种苦恼,特别是如果你热爱准确性的话。但这种情况只会发生在当生活(除娱乐之外)另有其目的的时候。就纯粹给人以享受这方面来说,坏的记忆力值得提一提的地方也并不见得比好的记忆力少。一个记忆力坏的人可以一辈子继续不断地阅读普鲁塔克的作品和《天方夜谭》。就像一群羊一个接一个地从树篱的缺口跳过去不可能不在荆棘上留下几撮毛一样,很可能,即使在记忆力最坏的脑子里也会留下零星片断的东西。但是羊本身逃出去了,那些大作家也以同样的方式从一个懒惰的脑子里跳出去了,留下来的东西真够少的。

而,如果我们能够把书忘掉的话,那么当一年十二个月一旦过去之后,要把这些月份和它们向我们说明的问题忘掉是同样容易的。仅仅在一刹那间我告诉自己,我熟悉五月就像熟悉乘法表一样,并且我能够通过一场关于五月的花卉、这些花卉的样子和它们的顺序的考试。今天我能够满怀信心地断言:金凤花有五个花瓣(或许是六个?上个星期我是知道得很肯定的)。但明年我将很可能忘记了我的算术,并且可能得再学习一次以免把金凤花同白屈菜混淆起来。再一次我将通过一个陌生人的眼睛把世界看作是一个花园,美丽如画的田野将出乎意料地使我大吃一惊。我将带着新的惊讶了解到唱歌的布谷鸟是雄的而不是雌的。我也许要再学习一遍以免把狗筋曼叫作野天竺葵，也许要再学习一遍去重新发现榛皮树在树木的成规中是来得早的还是来得晚的。一位当代的英国小说家曾经有一次被外国人问到，在英国，最重要的庄稼是什么。他毫不犹豫地回答："黑麦"。像这样的完全的无知，在我看来似乎带有豪言壮语的味道；但是，即使是不识字的人的无知也是巨大的。使用电话机的普通人解释不了电话机是怎样工作的。他把电话、火车、铸造排字机、飞机视为理所当然的东西，正像我们的祖先把福音书中的奇迹视作理所当然的东西一样。对这些东西，他既不怀疑也不理解。我们每一个人好像只是调查了一个小圈子里面的事实并把这些事实变成了自己的。日常工作以外的知识被大多数人看作是华而不实的东西。然而我们还是经常对我们的无知作出反应，加以反对的。我们不时地唤醒自己并思考。我们喜欢对什么事情都思考——思考死后的生活或思考那些像据说曾经使亚里士多德感到困惑的问题——"为什么从中午到子夜打喷嚏是好的，但从半夜到中午打喷嚏则是不吉利的"——人类感受过的最大欢乐之一是：迅速逃到无知中去追求知识。无知的巨大乐趣，归根结底，是提问题的乐趣。已经失去了这种乐趣的人或已经用这种乐趣去换取教条的乐趣（这就是回答问题的乐趣）的人，已经在开始僵化。人们羡慕像乔伊特那样爱一问到底的人，他在六十岁之后还坐下来学习生理学。我们中间的大多数人在到达他这个年龄以前很久就已经失去了无知感。我们甚至对我们像松鼠那样积攒的一点知识感到自负，并把不断增长的年龄本身看作是无所不知的源泉。我们忘记了苏格拉底之所以以智慧闻名于世并不是因为他无所不知而是因为他在七十岁的时候认识到他还什么都不知道。

天　鹅

[法国]布封

布封（1707—1788），又译蒲丰、比丰，法国博物学家、数学家、生物学家、启蒙时代著名作家。布封的思想影响了之后两代的博物学家，包括达尔文和拉马克。他在博物学上的作品包括《论自然史的研究方法》《地球论》《动物史》《自然通史》。这些书包含了当时欧洲所有有关自然界的知识。他注意到不同地区相似环境中生物种群可以有不同特征，被认为最早引入了生物地理学的概念和原理。布封的作品对现代生态学的影响深远。

在任何社会里，不管是禽兽的或人类的社会，从前都是暴力造成霸主，现在却是仁德造成贤君。地上的狮、虎，空中的鹰、鹫，都只以善战称雄，以逞强行凶统治群众；而天鹅就不是这样，它在水上为王，是凭着一切足以缔造太平世界的美德，如高尚、尊严、仁厚等等。它有威势，有力量，有勇气，但又有不滥用权威的意志、非自卫不用武力的决心；它能战斗，能取胜，却从不攻击别人。作为水禽界里爱好和平的君王，它敢于与空中的霸主对抗；它等待着鹰来袭击，不招惹它，却也不惧怕它。它的强劲的翅膀就是它的盾牌，它以羽毛的坚韧、翅膀的频繁扑击对付着鹰的嘴爪，打退鹰的进攻。它奋力的结果常常是获得胜利。而且，它也只有这一个骄傲的敌人，其他善战的禽类没一个不尊敬它，它与整个的自然界都是和平共处的：在那些种类繁多的水禽中，它与其说是以君主的身份监临着，毋宁说是以朋友的身份看待着，而那些水禽仿佛个个都俯首帖耳地归顺它。它只是一个太平共和国的领袖，是一个太平共和国的首席居民，它赋予别人多少，也就只向别人要求多少，它所希冀的只是宁静与自由。对这样的一个元首，全国公民自然是无可畏惧的了。

天鹅的面目优雅，形状妍美，与它那种温和的天性正好相称。它叫谁看了都顺眼。凡是它所到之处，它都成了这地方的点缀品，使这地方美化；人人喜爱它，人人欢迎它，人人欣赏它。任何禽类都不配这样地受人钟爱：原来大自然对于任何禽类都没有赋予这样多的高贵而柔和的优美，使我们意识到它创造物类竟能达到这样妍丽的程度。那俊秀的身段、圆润的形貌、优美的线条、皎洁的白色、婉转的、传神的动作，忽而兴致勃发、忽而悠然忘形的姿态，总之，天鹅身上的一切都散布着我们欣赏优雅与妍美时所感到的那种舒畅，那种陶醉，一切都使人觉得它不同凡俗，一切都描绘出它是爱情之鸟；古代神话把这个媚人的鸟说成为天下第一美女的父亲，一切都证明这个富有才情与风趣的神话是很有根据的。

我们看见它那种雍容自在的样子，看见它在水上活动得那么轻便，那么自由，就不能不承认它不但是羽族里第一名善航者，并且是大自然提供给我们的航行术的最美的模型。可不是么，它的颈子高高的，胸脯挺挺的、圆圆的，就仿佛是破浪前进的船头；它的宽广的腹部就像船底；它的身子为了便于疾驶，向前倾着，愈向前就愈挺起，最后翘得高高的就像船舳；尾巴是地道的舵；脚就是宽阔的桨；它的一对大翅膀在风前半张着，微微地鼓起来，这就是帆，它们推着这艘活的船舶，连船带驾驶者一起推着跑。

天鹅知道自己高贵，所以很自豪，知道自己美丽，所以很自豪。它仿佛故意摆出它的全部优点：它那样儿就像是要博得人家赞美，引起人家注目。而事实上它也真是令人百看不厌的，不管是我们从远处看它成群地在浩瀚的烟波中，和有翅的船队一般，自由自在地游着，或者是它应着召唤的信号，独自离开船队，游近岸旁，以种种柔和、婉转、妍媚的动作，显出它的美色，施出它的娇态，供人们仔细欣赏。

天鹅既有天生的美质，又有自由的美德；它不在我们所能强制或幽禁的那些奴隶之列。它无拘无束地生活在我们的池沼里，如果它不能享受到足够的独立，使它毫无奴役俘囚之感，它就不会逗留在那里，不会在那里安顿下去。它要任意地在水上遍处遨游，或到岸旁着陆，或离岸游到水中央，或者沿着水边，来到岸脚下栖息，藏到灯芯草丛中，钻到最偏僻的港湾里，然后又离开它的幽居，回到有人的地方，享受着与人相处的乐趣——它似乎是很欢喜接近人的，只要它在我们这方面发现的是它的朋友，而不是它的主子和暴君。

天鹅在一切方面都高于家鹅一等，家鹅只以野草和籽粒为生，天鹅却会找到一种比较精美的、不平凡的食料；它不断地用妙计捕捉鱼类；它做出无数的不同姿态以求捕捉的成功，并尽量利用它的灵巧与气力。它会避开或抵抗它的敌人：一只老天鹅在水里，连一匹最强大的狗它也不怕；它用翅膀一击，连人腿都能打断，其迅疾、猛烈可想而知。总之，天鹅似乎是不怕任何暗算、任何攻击的，因为它的勇敢程度不亚于它的灵巧与气力。

驯天鹅的惯常叫声与其说是响亮的，毋宁说是浑浊的；那是一种哮喘声，十分像俗语所谓的"猫咒天"，古罗马人用一个谐声字"独楞散"表示出来，听着那种音调，就觉得它仿佛是在恫吓，或是在愤怒；古人之能描写出那些和鸣锵锵的天鹅，使它们那么受人赞美，显然不是拿一些像我们驯养的这种几乎喑哑的天鹅做蓝本的。我们觉得野天鹅曾较好地保持着它的天赋美质，它有充分自由的感觉，同时也就有充分自由的音调。可不，我们在它的鸣叫里，或者说在它的嚛唳里，可以听得出一种有节奏、有曲折的歌声，有如军号的响亮，不过这种尖锐的、少变换的音调远抵不上我们的鸣禽的那种温柔的和声与悠扬朗润的变化罢了。

此外，古人不仅把天鹅说成为一个神奇的歌手，他们还认为，在一切临终时有所感触的生物中，只有天鹅会在弥留时歌唱，用和谐的声音作为最后叹息的前奏。据他们说，天鹅发出这样柔和、这样动人的声调，是在它将要断气的时候，它是要对生命作一个哀痛而深情的告别；这种声调，如怨如诉，低沉地、悲伤地、凄黯地构成它自己的丧歌。他们又说，人们可以听到这种歌声，是在朝暾初上、风浪既平的时候；甚至于有人还看到许多天鹅唱着自己的挽歌，在音乐声中气绝了。在自然史上没有一个杜撰的故事，在古代社会里没有一则寓言比这个传说更被人赞美、更被人重述、更被人相信的了；它控制了古希腊人的活泼而敏感的想象力；诗人也好，演说家也好，乃至哲学家，都接受着这个传说，认为这事实实在太美了，根本不愿意怀疑它。我们应该原谅他们杜撰这种寓言；这些寓言真是可爱，也真是动人，其价值远在那些可悲的、枯燥的史实之上；对于敏感的心灵来说，这都是些慰藉的比喻。无疑地，天鹅并不歌唱自己的死亡；但是，每逢谈到一个大天才临终前所作的最后一次飞扬、最后一次辉煌表现的时候，人们总是无限感慨地想到这样一句动人的成语："这是天鹅之歌！"

金字塔感言

[法国]夏多布里昂

夏多布里昂（1768—1848），作家。生于圣马洛，卒于巴黎。夏多布里昂中学毕业后乘船去美洲探险，此行为他后来的创作提供了丰富素材。后由于参加了孔德亲王的侨民团而逃亡，在近8年的流亡中写出了《革命论》等著作。1802年，包括《阿达拉》和《勒内》在内的《基督教真谛》全文发表，大受欢迎。1814年发表《论波拿巴和波旁王室》，受到波旁王朝的重用，出任驻柏林、伦敦大使和外交部部长，直至1830年七月革命后才结束政治生涯，闭门写作6卷巨著《墓中回忆录》。

　　我们的船，取道麦努夫运河，这样一来，西边大支流上华茂的棕榈林，就无由见到了。该支流通向利比亚沙漠，西岸一带正遭阿拉伯人扰攘云耳。出麦努夫运河，继续溯流而上，朝左能看到穆格托姆山峰，右面尽是利比亚境内的沙丘。不一时，便在山丘的空隙处，依稀得见金字塔尖：实则尚隔八十余里。这段航程，几乎走了八小时，我一直站在船首遥望金字塔群。渐次临近，陵墓也越发见出规模庞大，愈加显得高耸入云。宽展如同洋面的尼罗河；绿芜与黄沙相为映发；棕榈树，无花果树，圆穹顶，开罗的清真寺与宣礼塔；远处塞高拉村的梯形金字塔，滔滔河水，源源而来；凡此种种，构成一幅无与伦比的画面。"世人不管多努力，"鲍舒哀说，"万事到头终归空；蔚为壮观的金字塔，竟是一无用处的坟墩头！且不说造金字塔的法老，未必有权葬进去，享用其寝殿。"

然而，我得承认，瞥眼看到金字塔之际，心头陡兴一股赞佩之情。出自人类之手的最伟大的建筑物，却是一座坟！哲人思虑及此，不免浩叹一声，或揶揄一笑，这我知道。但是，为何把齐阿普斯金字塔，仅仅看成是一堆巨石加一副枯骨？造这样一座坟，不是有感于生死无常，而是出于求不死永生的本能：陵墓如界石，不是宣告有涯之生的终结，而是标志无穷命运的肇始，犹乎建于永恒疆域上的一座通往不朽之门。狄奥多罗斯曾说："埃及人把人生一世看作须臾一瞬，无甚紧要；相反，对身后令人怀念的功德，却极为关注。所以，他们把生者的宅第以作过客的逆旅，而把进焉不复出的坟墓，称为永久的归宿。故此，埃及古王对起造宫殿，神情淡漠，却殚精竭虑于营建坟茔。"

凡是建筑，今人都求其有一种实在的用处，殊不知对普通百姓而言，精神作用的品格更高。古之当权者，正着眼于此。参谒陵墓，难道不能有以教人？一代帝王愿借此把教喻垂之久远，何用埋怨？！宏伟的建筑，足以使整个人类社会引以为荣。有些殿堂，把对一个民族的缅怀延续得比其存在本身还长，与在废弃的荒地上繁衍生息的后人成为共时同代；除非不介意于一族一姓之是否彪炳史册，否则，就不要去腹诽心谤。至于其形式，是古罗马剧场，还是埃及金字塔，出入不大。对一个不复存在的民族，遗存的一切俱是坟墓。一代伟人去世之后，他生前的府邸，比死后的坟墓，更其虚空：陵墓至少有用于其骸骨，而巍巍宫室，焉能保存其昔日的欢情于万一？

极而言之，小小一方墓穴，不论对谁，亦已足矣；如马锡安·莫雷所说，六尺之土，于世界上最伟大的人物，也绰绰乎有余。在树荫下，与在圣彼得大堂的穹顶下，同样是赞颂上帝；住在茅草棚，与身居罗浮宫，也一样过日子；这种论调的偏颇之处，是把一类事混同于另一类事。再者，一个根本不知艺术为何物的民族，比之于留下辉煌的天才痕迹的民族，未必活得更为欢快。早先说牧人生活得无忧无虑，在林间优哉游哉，世人现已不信。因为知道，朴质如牧民，为杀食邻人的羊，会不惜大动干戈。他们栖身之处，墙上既不会攀满悦目的蔓藤，洞里也不会飘浮芬芳的花香；而往往浓烟呛人，给发酵的奶酸气憋得透不过气来。从诗或哲学的角度看，一个弱小种族，尤其还处于半开化状态时，似更能体味各种生趣；但无情的历史，却使他们吃尽别人的苦头，有些人之所以声嘶力竭反对荣名，不正是对名声有点爱慕？在我，决不会把建造一座偌大金字塔的国王看做神经正常，相反，倒会视若一位胸怀宽广的君主。以筑造陵墓来战胜时间，让后人、习尚、律法、世世代代站在灵柩前为之心折，如此念头，不可能出诸凡庸的心灵。如果说，这是骄狂，那至少是一种好大喜功的骄狂。要说虚荣，建造像金字塔这种能存迹三四千年的虚荣，千载之下，自可算作一桩功业！

美洲之夜

[法国]夏多布里昂

　　一天傍晚，我在离尼亚加拉瀑布不愿的森林中迷了路；转瞬间，太阳在我周围熄灭，我欣赏了新大陆荒原美丽的夜景。

　　日落后一小时，月亮在对面天空出现。夜空皇后从东方带来了馥郁的微风好像她清新的气息率先来到林中。孤独的星辰冉冉升起：她时而宁静地继续她蔚蓝的驰骋，时而在好像皑皑白雪笼罩山巅的云彩上憩息。云彩揭开或戴上它们的面纱，蔓延开去成为洁白的烟雾，散落成一团团轻盈的泡沫，或者在天空中形成絮状的耀眼的长滩，看上去是那么轻盈、那么柔软和富于弹性，仿佛可以触摸似的。

　　地上的情景也同样令人陶醉；天鹅绒般的淡蓝的月光照进树林，把一束束光芒投射到最深的黑暗之中。我脚下流淌的小河有时消失在树木间，有时重新出现，河水辉映着夜空的群星。对岸是一片草原，草原上沉睡着如洗的月光；几棵稀疏的白桦在微风中摇曳，在这纹丝不动的光海里形成几处漂浮的影子的岛屿。如果没有树叶的坠落、乍起的阵风、灰林鸮的哀鸣，周围本来是一个万籁俱寂的世界；远处不时传来尼亚加拉瀑布低沉的咆哮，那咆哮声在寂静的夜空越过重重荒原，最后湮灭在遥远的森林之中。

　　这幅图画的宏伟和令人惊悸的凄清是人类语言所不能表达的；与此相比，欧洲最美的夜晚毫无共同之点。试图在耕耘过的田野上扩展我们的想象是徒劳的；它不能超越四周的村庄；但在这蛮荒的原野，我们的灵魂乐于进入林海的深处，在瀑布深渊的上空翱翔，在湖畔和河边沉思，并且可以说独自站在上帝面前。

阿德里安娜

[法国]奈瓦尔

钱拉·德·奈瓦尔（1808—1855），法国象征主义和超现实主义诗人、作家。巴黎远郊风景秀丽的瓦卢瓦富于民间传说和幻梦色彩，它给生长在此地的诗人很深的感受。散文《西尔薇》（1854）、《奥蕾丽亚》（1855）等篇，写瓦卢瓦地区风物与童年的回忆，呈现一片梦幻气氛，成为后来的象征派诗歌和超现实主义文学的渊源。奈瓦尔一生贫病，著有许多富有特色的作品，如十四行诗集《抒情节奏小颂诗》（1835）、《幻景》（1854），剧本《莱奥·布卡》（1839），抒情散文集《火焰姑娘们》（1854）。

我上了床，但是平静不下来。睡意蒙眬中，我的青年时代在回忆中浮现。理智还在抵抗着梦的奇特的战法，这种状态常常使我们看到，一大段生活中的某些最突出的画面联翩而至。

我想起了一座亨利四世时代的古堡，发红的正墙，铺着砖瓦的尖屋顶，用黄色的石头砌就的锯齿状墙角，巨大的绿草如茵的广场，四周长着榆树和椴枝，夕照的红光从树叶间射下。年轻的姑娘们在草地上围成一圈跳舞，一边唱着母亲传下来的古老歌曲，用的是一种自然而纯正的法语，使人们感到实实在在地生活在瓦洛瓦这片古老的土地上，那里，法兰西的心脏已经跳动了一千多年了。

我是环舞中的唯一男孩，我带来了非常年轻的女伴西尔薇。她是邻村的一位小姑娘，活泼、鲜艳，两眼乌亮，容貌端正，皮肤微黑……直到那时，我只爱过她，我眼中也只有她！可是，我在舞圈中注意到一位金发姑娘，高大，美丽，人们叫她阿德里安娜。突然，根据舞蹈的规则，阿德里安娜站在圈子的中央，独自面对着我。我们的身材相仿。大家让我们拥抱，歌舞的人们旋转得更起劲了。吻她的时候，我情不自禁地握紧了她的手。她那长长的金色发卷轻拂着我的面颊。从这时起，一种从未体验过的慌乱攫住了我。美丽的姑娘必须唱一首歌才有权再回到舞圈里去。大家围着她坐下，立刻，她唱起一支满含忧郁和爱情的古老抒情歌曲，这歌中唱的总是一位公主的不幸，她因为恋爱而被父亲关在塔里。那声音是清亮动人的，像这个多雾地区的姑娘们的声音一样，稍微有些朦胧。歌曲的第一节都以颤音结尾，当它用一种抑扬的颤动模仿老人颤巍巍的声音时，年轻人的嗓子使之达到了惟妙惟肖的地步。

她唱着，唱着，大树投下了阴影，初升的月亮照着她一个人，我们屏息静气地围着她。她不唱了，没有人敢打破这寂静，一片凝滞的、淡淡的水汽罩住了草地，在草尖儿上展开它那白色的气团。我们恍若置身在天堂之中。我终于站了起来，朝古堡的花坛跑去，那儿有月桂树，栽在绘着单色画的大瓷瓶里。我折了两枝，编成花环，系上绸带。我把它戴在阿德里安娜的头上，那叶子反射着苍白的月光，在她的金发上闪闪发亮。

阿德里安娜站了起来。她舒展开苗条的腰肢，仪态万方地向我们施了一礼，就转身跑回古堡去了。有人告诉我们，她是法兰西先王的一位后裔的孙女；她的血管里流着瓦洛瓦家族的血液。那一天是节日，她获准和我们一起玩耍；我们再也见不到她了，因为第二天她就要进修道院去当寄宿生了。

我回到西尔薇身边，发觉她哭了。她流泪的原因，就是我亲手把花环戴在了那位美丽的歌手头上。我对她说我再去编一个，但是她说她不稀罕，也不配。我徒劳地辩解，在送她回家的路上，我费尽唇舌，她也没有再跟我说一句话。

我被送回巴黎继续学业。我带走了一个双重的形象，首先是关于那段令人伤心地中断了的温柔友情，再者是关于一种不可能的爱情，它成了精神痛苦的根源，学校里的哲学是无法平复这种痛苦的。

只有阿德里安娜的容貌战胜了一切，那是荣誉和美的象征，它缓和或分担了学习生活的艰苦。次年的假期中，我听说这个我只见过一面的美丽姑娘被她的家庭奉献给了宗教。

有才能的人如何还债

[法国]波德莱尔

夏尔·皮埃尔·波德莱尔（1821—1867），法国最伟大诗人之一，象征派诗歌先驱，现代派的奠基人，以诗集《恶之花》留名后世。也写了《巴黎的忧郁》。艺术的最终目的是创造美，然而美的定义千差万别，波德莱尔认为，美不应该受到束缚，善并不等于美，美同样存在于恶与丑之中。两个世纪前，当波德莱尔将自己所创造的美展现给世人的时候，评论界惊恐地称呼他为"恶魔诗人"。

有人跟我讲了下面这个故事，嘱咐我对谁也不要讲，因此，我想对所有的人讲一讲。

他正发愁呢，看他双眉紧锁，那张阔嘴也不像平时那么松弛肥厚，大步流星地走过歌剧院，又走了回来，中间常常猝然停住。他正发愁呢。

正是他，19世纪商业界和文学界最顽强的人物，他那诗人的头脑像金融家的书房一样充满了数字；正是他，有过无数次神话般的破产，办过若干虚夸的、古怪的企业，却总是忘掉最关键的东西；他是梦幻的伟大追求者，不断地《探求绝对》；他是《人间喜剧》最好奇、最滑稽、最有趣、最虚荣的人物；他呀，他是个怪人，在生活中令人不堪忍受，写起东西来妙不可言，他是个大孩子，他的优点和缺点让人不知如何是好，砍掉一些又怕丢了另一些，从而毁坏了这个不可救药的、无法抗拒的庞然大物！

他是怎么了，心情如此阴郁，这个大人物？他竟这样走路，下巴挨着了大肚子，低着头，额上皱成了《驴皮》。

他在梦想着廉价的菠萝，藤索吊桥，还是有装着细窗纱的小客厅却没有台阶的别墅？某个年近四十的公主可曾向他投来那种天才在美人眼中引起的含意深远的一瞥？他那装着某种工业机器的头脑是否正受着《发明家的苦难》的折磨？

不，唉！不是；大人物的忧愁是一种庸俗的、平凡的、讨厌的、可耻的和可笑的忧愁；他正处在那种我们大家都经历过的境遇之中，飞逝的每一分钟都在它的翅膀上带走了一个获救的机会；发明的天才眼睛盯着钟表，感到随着时光的流逝，那个决定命运的时刻到来的速度越来越快，他必须付出两倍、三倍、十倍的努力。《汇票的理论》的杰出作者第二天有一张一千二百法郎的期票要偿付，而且夜已很深了。

在此类境遇中，有时候，在必要性这个活塞的挤压之下，精神会出人意料地、胜利地一跃，突然冲出牢笼。

这大概正是伟大的小说家身上发生的事情，因为他那被紧张破坏了骄傲的线条的嘴上浮出了微笑。我们的小说家又变得安详平静，高视阔步地朝黎塞留大街走去。

他走进一座房子，里面一位生意兴隆的富商正在壁炉前喝茶，以消除一天的劳顿。他因他的名字而受到隆重的接待，几分钟后，他表明了此次造访的目的：

"您想后天在《世纪》和《辩论》的杂文栏中刊登两篇关于《法国人自画像》的大作，我写的、署上我的名字的两篇大作吗？我需要一千五百法郎。这对您来说可是一桩好买卖啊。"

看来，这位与众不同的出版商认为这种推理很合理，因为交易马上就做成了。不过，小说家改变了主意，强调一千五百法郎要在第一篇文章登出的时候支付，然后，他不慌不忙地朝歌剧院那边走去了。

几分钟以后，他看见了一个小个子年轻人，此人一副易怒而聪明的相貌，曾经为他的《赛查·皮罗多盛衰记》写过一篇惊世骇俗的序言，他因一种滑稽的、近乎叛逆的激情而在新闻界出了名；虔信派还没有剪掉他的爪子，笃信宗教的书报还没有张开它们那使人幸福的熄灯罩。

"爱德华，您愿意明天得到一百五十法郎吗？"

"当然啦！"

"那好！来喝杯咖啡吧。"

年轻人喝了一杯咖啡，他那南方人的小身躯热了起来。

"爱德华，明天早晨我需要三栏有关《法国人自画像》的文字给杂文栏。听清楚，早晨，一大早，因为全文有我抄写，并署上我的名字。这很重要。"

这位大人物用一种令人倾倒的夸张说了这番话，口气极大，他有时就用这种口气对一个他不能接待的朋友说："这样把您拒之门外，亲爱的，真是万分抱歉。我正在与一位公主单独谈话，她的名誉可操在我的手里，您知道……"

爱德华如同面对一个恩人，跟他握了握手，跑去干活了。

伟大的小说家又在那瓦兰街订下了他的第二篇文章。

第三天，第一篇文章在《世纪》上刊出。奇怪的是，既没有署小人物的名字，也没有署大人物的名字，而是署上了一个在浪荡文人的圈子里以喜爱公猫和喜爱歌剧闻名的一个人的名字。

第二位朋友肥胖，懒惰，迟钝，过去如此，现在依然如此。更有甚者，他没有思想，只会像奥萨奇人穿项链似的把词串起来，而因为堆满三大栏文字远比写一本有思想的著作费时更长，所以他的文章数日之后才登出来。它没有登在《辩论》上，而是登在《新闻报》上。

一千二百法郎的期票偿付了，人人都很满意，除了出版商，他感到差强人意。有才能的人就是这样还债的……

如果某个聪明的竟敢认为这是一种小报的闲话，是损害本世纪最伟大的人物的光荣，那他就错了，可耻地错了。我是想说明大诗人能够同样容易地解决一张汇票和完成一部最神秘、最复杂的小说。

月的恩惠

[法国]波德莱尔

月——她是浮动的本身——当你睡在你的摇篮里的时候，从窗门窥望进来，说："这孩子很中我意。"

她软步走下了云的梯子，毫无声息地穿过窗门的玻璃。于是她带了母亲的柔软的温和，俯伏在你的上面，将她的颜色留在你的脸上。因此你的瞳仁成为碧绿，你的两颊异常的青白。因此你看着这来访者的时候，你的眼这样意外地张大了；她又这样柔和地用两臂来拥抱你的颈子，所以你以后便永远易于落泪了。

当她完全沉浸在喜悦里，月充满了全屋，正如一种有磷光的空气，正如一种明亮的毒。这一切的活的光辉在思索而且说："你将永远地爱我的亲吻的影响。你将美，如我之美；你将爱一切，如我所爱的，与我所被爱的。水与云；夜与沉默；广大的绿海；无形与多形的水；你永不会到的地方；你永不会知道的情人；怪异的花；酩酊的香气；昏眩似的躺在风琴上用甜美如女人一般沙声啜泣的猫！

而且你将为爱我者所爱，为媚我者所媚。你将为他们的女王——有碧眼的，他们的颈子在夜的爱抚里被我所拥抱的，那些爱海，爱广大的狂暴的碧海，无形与多形的水，他们不到的土地，他们不知道的女人，犹如不知教仪的焚香者的邪香的花，乱人意志的香味，以及为他们自己愚行之象征的凶野而放纵的野兽的人们的女王！"

便为这缘故，被诅而且被爱的娇养的孩子，我所以睡在你的脚下，想在你那里寻到那可畏的女神的影像。——那前知的神母与一切的"月光病者"的毒的乳母。

穷人的眼

[法国]波德莱尔

唉！你要知道我今天何以恨你。在你要理解这，或者比我说给你听，更不容易了：因为你是——这世上所能寻到的女性的隔阂的最美的标本。

我们一同过了一个长日子——而在我却还是觉得很短！我们互相应许，我们当有同一思想，我们的两个灵魂当成为同一个灵魂；——一个梦，并没有什么新奇，不过人人都梦见，却没有人实验过。

在晚间你有点倦了；你坐在一条新街的角上，咖啡店的外边。虽然咖啡店还在用石灰涂饰，但已经显示出它的未曾完成的华美了。那咖啡店辉煌了。那煤气灯发出新开张的所有的热力，用了它的全力照着墙壁，照着炫目的白镜上的闪烁的玻璃片，檐下与柱上凹形装饰的贴金，肥面颊的侍者用力拉住了带索的狗，贵妇人们笑那屈腿站在腕上的鹰，仙女与女神头上顶着果物包子与野味，许多赫贝与伽尼美台伸长臂膊，拿甜酒的小瓶与杂色的冰塔；历史与神话的全体合并起来，造成一个饕餮者的乐园。

正对着我们，在街道中间，站着一个人，大约四十岁年纪，有着困倦的脸与灰色的须，一手挽着一个孩子，另一只手抱着一个还不能走的孱弱的小孩。他是替代保姆的职务，带了他的小孩们，来受用夜间的空气。他们都穿着破衣。三张脸都非常严肃，六只眼睛视着新咖啡店，一样的惊奇，但因了年纪现出不同的印象。

那父亲的眼睛说道："这多么美，这多么美呵！人家几乎想要，所有穷人们的金子都走到这屋里去了。"小孩的眼睛说道："这多么美，这多么美呵！但这屋里，只有不是像我们这样的人才能进去的。"至于那最小的小孩的眼睛，它们是太入迷了，除了蠢笨而深厚的喜悦以外，没有别的表示了。

诗人说，快乐使灵魂美善，使人心柔和。这诗人是对的，总之这晚上我正是这样。我不但被这眼的家族所感动，我还觉得惭愧了，对于我的许多的酒杯和酒瓶，多于我们的渴。我回过来看你，可爱的，我希望能够在你里面读出我自己的思想；我深深地看进你的眼睛去，这样的美而且异常的甜的，你的碧眼，在那里是浮动所主宰的、带着醉意的月光；你对我说："这些人真有点讨厌，张着那么瞪视的大眼睛！你不能叫侍者吩咐他们走开去么？"

　　互相理解是这样的难，我的爱人，而且思想是这样的不能传达——即使在互相爱恋的人们的中间！

# 铁 匠

[法国]左拉

埃米尔·左拉（1840—1902），19世纪法国最重要的作家之一，自然主义文学的代表人物，也是法国自由主义政治运动的重要角色。早期作品有短篇小说集《妮侬的故事》（1864）、长篇小说《克洛德的忏悔》（1865）。后他创作了一套长达600万字、由20部长篇小说构成的巨著《鲁贡——玛卡尔家族》，反映了法国第二帝国时代社会各方面情况。他的《小酒店》《娜娜》《金钱》《妇女乐园》也都十分著名。1908年，法兰西共和国政府以左拉生前对法国文学的卓越贡献，对他补行国葬，并使之进入伟人祠。

铁匠身材高大，当地没人能比。他肩胛高耸，脸和手臂被炉中飞出的火星和锤下的铁屑染黑。在他的方脸上，乱而密的头发下面，长着一双孩子般的眼睛，又大又蓝，亮如钢铁的闪光。他下巴宽大，笑起来如同他的风箱，声震屋瓦。当他用打铁养成的习惯有力的动作扬起胳膊的时候，他五十岁的年纪和那举起的二十五斤重的铁锤相比，似乎算不得什么，这把锤子，他管它叫"小姐"，是个令人望而生畏的姑娘，从韦尔农到鲁昂，只有他一个人能舞得动她。

我在铁匠家里住了一年，整整一年，使我得以恢复健康。本来我失去了

喜怒哀乐，失去了思想。我茫然不知所之，想找一个，给自己找一个平静的一隅，在那里，我可以工作，可以恢复我的精力。一天晚上，我正在路上，已经走过了村子，我远远望见了那个火焰熊熊的铁匠铺，它孤零零地斜立在十字路口。门大敞着，火光照得交叉路口一片通红，连对面小溪旁边的一排白杨树也如同火把一样地燃烧着。在静谧的暮色中，从两公里外的远处，传来有节奏的铁锤声，颇像一支愈来愈近的铁军的马蹄声。我走过去，在敞开的门中站住，被一片光明，一片雷鸣般的响声包围。看到这样的工作，看着人的手把烧红的铁棍弯曲拉直，我高兴，我的心里已经觉得有了力量。

  那个秋日的晚上是我第一次看见铁匠。他正在打制一个犁铧。他敞着衬衫，露出粗糙的胸膛，伴着每一次呼吸，他的金属一样结实的肋骨骨架便清晰可见。他身向后仰，猛地一使劲，把锤子打下去。他不停地打着，身体柔软而连续地晃动着，肌肉绷得紧紧的。铁锤循着固定的路线上下飞舞，夹带着火星，身后留下一道闪光。铁匠用两只手舞动着"小姐"，而他的儿子，一个二十岁的小伙子，钳子头上夹着一块烧红的铁，也在打着，他打出的声音沉闷，被老头子那可怕的姑娘喧嚣的舞蹈声盖住了。当，当——当，当，好像是一位母亲在用庄严的声音鼓励一个孩子牙牙学语。"小姐"舞着，摇着她裙衣上的金片，每当她从铁砧上跳起来的时候，她的脚跟便在她所打造的犁铧上印上一道痕迹。一条血样的火焰直冲到地上，照亮了两个打铁人的颧骨，他们长长的身影一直延伸到铁匠铺黑暗的角落里。渐渐地，炉火变白了，铁匠停下手来。他满脸漆黑，依着锤柄站着，甚至没有擦擦他脸上淋漓的汗水。他的儿子用一只手慢慢地拉着风箱，在风箱的轰鸣声中，我听见他依然没有平静的两肋喘息着。

  晚上，我睡在铁匠那儿。我不再走了。他有一间空屋子，在铺子的楼上，他把那间屋子给我，我也就接受了。刚到五点，天还没亮，我便被卷入到主人的工作中去。我被那座房子上上下下的笑声唤醒，它从早到晚总是热热闹闹的，无限欢乐。在我的底下，铁锤飞舞。我好像是被"小姐"从床上扔了下来，她敲着天花板，把我当成懒汉。那间简陋的屋子，那个大衣橱，那张白松桌子和那两把椅子，被震得乱响，仿佛是在向我呼喊动作快点。我应该下楼了。到了楼下，我看见炉子已经红了，风箱响着，一股蔚蓝和玫瑰色的火焰从煤上升起,风助火势,炉火宛如星光闪烁。铁匠在准备一天的工作了。他把铁放在角落里,翻着犁和车轮。看见我,他把双手插在腰上,这个好人,他笑了,大嘴直咧到耳根。看见我五点钟就被赶下床来,他高兴极了。我看他是为敲而敲,早晨,他以他的铁锤作为一个奇特的报时钟,催人起床。他把两只大手放在我的肩上,俯下身来,好像是在对一个孩子说话。他对我说,自从我生活在他的废铁之中以后,我好多了。每天,我们都坐在一辆翻倒的车屁股上一起喝白葡萄酒。

  从此,我经常整天地待在铁匠铺里,特别是冬天下雨的时候,我在那儿流连忘返,对打铁发生了兴趣。铁匠和他随心所欲锻造的铁之间进行着一场无休止的战斗,这如同一场伟大的戏剧,令我着迷。我看着炉子里的铁被放到铁砧上,看到它像蜡一样的柔软,被铁匠弄弯了、拉平、卷曲,这使我惊叹不已。犁造好之后,我跪在它的面前,再也认不出这块铁昨天的样子了。我察看零件,幻想着它们是出自无比神奇的手指而无须用火。有时我会想到一个姑娘,想到她我就情不自禁地笑了。过去,我常看见她在我的窗子对面用她纤细的手弯着铜丝,然后用一根丝线把手工做的紫罗兰扎在上面。

  铁匠从不叫苦。他一天打铁十四个钟头,接连打上几天,到晚上还是很开心地笑着,一边用满意的神色抚摸着胳膊。他从不悲哀,也从不厌倦。我想即使房子倒了,他也能用双肩把它顶起来。冬天,他说他的铁匠铺很暖和;夏天,他把门大开着,让干草的味飘过来。当夏天来到的时候,傍晚,我走到他身边,在门前坐下。我们是在山坡上,整个峡谷在我们眼前一览无余。平坦广阔的田野在淡紫色的暮霭中消失在天边。他看到这些,心里便洋溢着幸福。

  铁匠经常半真半假地说他是这些土地的主人,二百多年以来,这个地方用的犁都是铁匠铺提供的,这是他的骄傲。没有他,一棵庄稼也不能生长。田野五月变绿,七月变黄,是因为他出了力。他爱庄稼,像爱自己的儿女,看到火热的太阳出来了,他就兴高采烈,遇到下冰雹,他就伸出拳头诅咒那些乌云。他经常指给我看远处的某一块没有脊背宽的土地,告诉我说他某年某年造一部犁给那块燕麦地和黑麦地使用。到耕地的季节,他时常扔下锤子,走到路边上,手搭凉篷,看着。他看着无数他造的犁正在开垦土地,划出田垄，正面，左面，然后右面，直到整个峡谷。牲口拉着犁，缓慢地向前走着，好像正在行进中的队伍。犁铧在阳光下发出银色的闪光，而他，扬起胳膊，叫我过去看那地耕的多棒！

我楼下叮叮咣咣的响声使我的血液中也有了铁，这对我来说胜似吃药。我已经习惯于这种声音了，为了确信我在生活，我需要铁锤打在铁砧上的音乐。我的房间，由于风箱的轰鸣而充满活力，我在那里重获我的思想。当，当——当，当，这音乐犹如一个快乐的钟摆，规定着我的工作时间。到最紧张的时刻，当铁匠发起火来，当我听到那烧红的铁在他狠命砸下的铁锤发出断裂的声音的时候，我便激愤起来，腕间感到有一种巨大的力量。我真恨不得一笔把世界抹平。后来，当打铁炉平静下来的时候，我的脑子也复归沉寂。我走下楼去，看到那些被征服的铁依然冒着青烟，我对自己的工作感到羞愧。

我时常在炎热的下午看到铁匠，他是何等的健美！那裸露的上身，那突出而结实的肌肉，使他像米开朗琪罗的一个拔山盖世的伟大雕塑。看着他，我找到了艺术家们在希腊的死人身上艰难寻找着的现代雕塑的线条。他在我的眼睛里是因其劳动而变得异常高大的英雄，是我们这一世纪永不疲倦的孩子，他在铁砧上千锤百炼着我们分析的武器，他用火与铁锻造着未来的社会。他以自己的铁锤为乐。当他想笑的时候，他便抄起"小姐"，使劲地打着。于是，伴着炉子呼出的玫瑰色的气息，他的家里便响起滚滚雷鸣。我似乎听到了劳动者的呼吸。

就在那儿，在铁匠铺里，在铁犁中间，我永远治好了我的懒惰病和怀疑病。

希腊礼赞

[法国]马尔罗

安德烈·马尔罗（1901—1976），法国著名作家、文化人，曾任戴高乐时代法国文化部长，且被提名诺贝尔文学奖候选人，代表作小说《人的价值》，以详述上海四·一二事件为内容，颇受好评，且因此著作荣获1933年当年法国龚古尔文学奖；逝后葬于法国巴黎先贤祠。

希腊的夜又一次揭去我们头上满天星座的面纱，这些星座，阿耳戈斯的守望者在特洛伊城陷落的信号发出时曾经仰望过，索福克勒斯在即将动笔写作《安提戈涅》时曾经仰望过，伯里克利在帕提侬神庙的工地停止喧闹时曾经仰望过……然而这是第一次，透过千载悠悠的黑夜，西方的象征浮现了出来。很快，这一切将成为日常的景象；这一夜，亦将一去而不复返。雅典人民啊，在你那摆脱了大地上的黑夜的精神面前，欢呼那个自从升起于此地便萦绕于人类记忆而不曾被忘却的声音吧："尽管世间万物终有尽时，未来的世纪啊，当你们谈及我们的时候，你们可以说我们建造了最著名、最幸福的城邦……"

伯里克利的呼吁对于醉心永恒并且威胁过希腊的东方来说，可能是难以理解的。甚至在斯巴达，直到那时为止，也没有任何人对未来说话。许多世纪都听见了这一呼吁，然而今夜，他的话将传到美国，传到日本。世界第一个文明从此开始了。

由于它，雅典卫城大放光明；为了它，雅典卫城向它发问，任谁也不曾这样问过。希腊的精神几次出现在世界上，然而并非总是同一种面目。它在文艺复兴时代尤为光彩夺目，然而文艺复兴几乎不知有亚洲；今天我们知道了亚洲，它就变得更加光彩夺目，也更加令人惶惑。很快，如今日这样的景象将照亮埃及和印度的古迹，让所有神明出没之地的幽灵们发出声音。然而雅典卫城乃是世界上唯一的地方，既有思想活跃，又有勇气贯穿。

面对古老的东方，我们今天知道希腊造就了前所未有的一种人。伯里克利——无论是这个人，还是与这名字有联系的神话——他的光荣在于他既是城邦之最伟大的仆人，又是一位哲学家，一位艺术家；埃斯库罗斯和索福克勒斯，倘若我们不记住他们也是战士，我们理解他们的方式便会不同。对于世界来说，希腊依然是倚着长矛沉思的雅典娜。而在她之前，艺术从未将长矛和思想结合在一起。

人们可以毫不过分地宣告：文化——艺术和思想的创造物之总和——这个如此模糊的字眼，对我们来说，其含义乃是将文化作为一种培养人的重要途径，而这样做的光荣属于希腊。根据这一没有圣经的文明，智慧这个词意味着询问。从询问中产生出思想对于宇宙的征服，悲剧对于命运的征服，艺术和人对于神的征服。很快，古代的希腊将对我们说：

"我寻找真理，我却发现了正义和自由。我创造了艺术和思想的独立。我第一次让四千年来到处匍匐在地的人面对他的神站立起来。"

这是一种简单的语言，然而我们听在耳中，仍觉得它是一种永垂不朽的语言。

这种语言被遗忘了几个世纪，每一次我们重新听见它，它总是受到威胁。也许它从未像今天这样不可或缺。我们时代最重大的政治问题乃是调和社会正义与自由；最重大的文化问题乃是让最多的人接触最伟大的艺术作品。现代文明和古代希腊文明一样，也是一种发问的文明；但是它尚未找到堪为楷模的人的典型，哪怕是短暂的或理想的，舍此任何文明都不能形成。统治着我们的那些庞然大物仍在黑暗中摸索，似乎尚未想到一个伟大文明的主要目标不仅仅是力量，而且也是对人之所待的一种清晰的意识，这曾是被奴役的雅典的不可战胜的灵魂，它让亚洲沙漠中的亚历山大不得安宁："雅典啊，为了无愧于你们所受到的赞美，你们要遭受多少苦难啊！"现代人是所有那些试图共同造就现代人的人；思想不知有弱小的民族，思想只知有友爱的民族。希腊，还有法国，只有在对所有的人来说都是伟大的时候才更为伟大，而一个隐而不彰的希腊栖息在所有西方人的心底。我们都是思想的古老民族，我们不应该躲进我们的过去，我们应该创造未来，这是我们的过去对我们的要求。在这原子时代开始的时候，人又一次需要受到思想的培养。整个西方青年都需要记住，当人第一次受到思想的培养时，他是用长矛阻止了泽尔士并为思想服务的。代表们问我法国青年的座右铭是什么，我回答他们是"文化和勇气"。让它也能成为我们共同的座右铭吧，因为我是从你们这里得到它的。

在这希腊自觉地寻求其命运和真实的时候，你们比我更有责任把它给予世界。

因为文化不靠继承，文化靠的是争取。而且文化的争取有许多种方式，其中每一种都与孕育它的人相像。从此，希腊的语言是说给人民听的；这个星期，雅典卫城的形象将受到比两千年间还要多的观众瞻仰。这千百万人听见这语言，与昔日罗马的高级教士和凡尔赛的贵族老爷听见这语言是不同的；这千百万人也许会听得充分完全，倘若希腊人民从中认出它最深刻的稳定性，倘若业已消亡的最伟大的城邦中还回荡着活着的民族的声音。

我说的是活着的希腊民族，我说的是这个人民，雅典卫城首先向着它说话，而它则将其绵绵不断地在西方传布的精神体现奉献给它的未来，这些体现的是得尔福的普罗米修斯世界和雅典的奥林匹斯世界，拜占庭的基督世界，总之，经过了那么多年的狂热崇拜，如今只剩下对自由的狂热崇拜。

然而，这个"在痛苦中依然热爱生活"的人民，它既是向着圣索菲亚大教堂歌唱的人民，又是一边倾听俄狄浦斯的喊叫一边在山脚下兴奋激动，将要穿越世纪的人民。自由的人民，就是使抵抗成为悠久传统的人民，就是其现代历史成为一场无穷尽的独立战争史的人民，这是唯一的人民，它欢庆"不"的节日。这昨日之"不"乃是米索隆基之"不"，索罗莫斯之

"不"。在我国，则是戴高乐将军之"不"，也是我们的"不"。世界没有忘记它最初是安提戈涅的"不"，是普罗米修斯的"不"。当希腊抵抗运动的最后一位战死者紧靠在他将度过第一个死亡之夜的土地上时，他是倒在这样的土地上，在这片土地上，在这一天的夜里，在那些为死去的萨拉米人守灵然后注视着我们的星辰的照耀下，人类之最崇高、最古老的挑战诞生了。

我们是在为了同样的事业而抛洒的同样的鲜血中认识同样的真理的，那时候，自由的希腊人和自由的法国人在埃及战役中并肩战斗；那时候，我的游击队员用手帕做成小小的希腊国旗来纪念你们的胜利；那时候，你们的山村为了巴黎的解放而响起钟声。在所有的思想价值中，最富有成果者产生于团结和勇气。

它写在雅典卫城的每一块石头上。"外邦人啊，到拉栖第梦去说，仆倒在此地的那些人是根据拉栖第梦的法律而死的……"今夜的灯光啊，去向世界说，德摩比利呼唤萨拉米，止于雅典卫城，只要人们没有忘记它。愿世界不要忘记，在雅典女神节，往昔和昨日之死者的庄严队伍在夜间布下隆重的岗哨，向我们发出无声的启示，这启示第一次与东方最古老的咒语合为一体："倘若此夜乃命运之夜，那就祝福它吧，直到黎明来临！"

论生活

[俄罗斯]托尔斯泰

列夫·尼古拉耶维奇·托尔斯泰伯爵（1828—1910），俄国小说家、评论家、剧作家和哲学家，同时也是非暴力的基督教无政府主义者和教育改革家。他是在托尔斯泰这个贵族家族中最有影响力的一位。代表作有《战争与和平》《安娜·卡列尼娜》《复活》。这几部被视作经典的长篇小说，而他被认为是世界最伟大的作家之一。高尔基曾言："不认识托尔斯泰者，不可能认识俄罗斯。"

要写下来的是——

（一）习惯是伟大的。习惯使得以前无论何时都需要许多努力——精神的要素和动物的要素相斗争——的各种行为，不再需要那些努力和注意，而让它们能够使用到后来的工作上面去。习惯是凝固基石的石灰，它使得在基石上面能够加上新的石块。可是，这种习惯的善的性能，当斗争的解决对动物的要素有利的时候，也可以变成不道德的原因。即发生了人吃人、执行死刑、进行战争、私有土地、利用卖淫等等的事情。

（二）不错，信心、迷信、妄想，都给人生以巨大的力量。然而，在这种场合，为了实行人生一切法则，就得制定重要的、唯一的，而且大部分可能的形式和方法，比如教会法则的实行、去势、自焚、无信仰者的绝灭等等。而在没有迷信的信仰的场合，为要解决以上帝的共同法则为基础的人生最重要的一切问题，爱是必要的。这种活动并没有像前者般的鲜明的现象。

（三）自我牺牲越来得大，要谦虚持躬也就越来得困难。相反的场合也正相反。

（四）临死的人所说的话，意味特别来得深长。可是，我们不是时常都朝着死亡走着吗？尤其是老年人更加明显的是这样。让老年人理解自己所说的话意味特别深长吧。

（五）"他跪拜、哭泣、诵读祈祷书，向上帝请教自救之道；但，在心之深处却感到：这一切都是无聊的事情。没有谁会救自己的。"

（六）为要使所谓"野蛮人"变成文明人而传授自己的教会信仰的牧师们，是多么可怕，不，毋宁说是多么可惊的不逊和疯狂呵！

（七）被我们称作世界的，是由意识和被意识到的东西这两部分所合成的。没有意识，也就没有世界吧？可是，却不能说：没有世界，也就没有意识吧？可不是吗？

（八）在言语上我们常常说：不要跟人谈及他所难于理解的事物。可是，在实际上，我们却往往不能自制，完全无益地浪费唇舌，而且感情激动地对那不能理解的人谈着他所不理解的事情。

（九）一切利己的生活，都是非理性的、动物的生活。未成年的孩子们和动物的生活，就是这样的。但，所有利己的生活，对于有理性的成年人，都是一种不自然的状态——跟疯狂相同。然而，世上大部分的妇女，在儿童时代，都过着合法的利己生活，其次生活于动物的家庭爱的利己主义，复次生活于利己的夫妇爱，而且是物质主义，不久就依靠孩子们而生活，失去外部的利己生活，具备着思虑和辨别；但依旧还是缺少普遍的博爱精神，而停留在动物的状态中。这种女性的生活状态是很可怕的，然而却是极普通的。

（十）你想要为别人服务，劳动者想要劳动。但，为要工作而得到利益，必定要有工具。不但是这样，而且必定要有最好的工具。可是，你是怎么样的呢？具备着各种物质、性格、习惯、知识等等的你，果然能够从自身提出为万众服务的最好的工具吗？对于你，必要的事情，并不是服务于人，而是服务于上帝。而服务于上帝这件事情——是明白的、被规定了的。那就是你要扩大自己内心的爱。由于扩大自己内心的爱，你就不得不服务于人们。而你，对于自己，对于人们，对于上帝，都将同样必要地服务。

（十一）不幸的并不是受到痛苦的人，而是将痛苦给予他人的人。

（十二）所有的人都时常在成长的过程当中，因而不能把任何人加以否定。可是，有些人，他们在现在的境地，过于隔绝和无知，我们只好完全像对待孩子般地去对待他们。即是，我们虽然爱、尊敬、庇护他们，但不能够跟他们站在同一水准，也不能够向他们要求对于他们所缺少的东西的理解。但有一件事情使得这样地对待这些人更加困难，那就是：孩子们具有知识欲和真实性，而这些成了人的"孩子们"却缺乏这些东西；反之，他们保有着冷淡以及对于自己所不理解的东西的否定，而最重要的一点，就是自信太过。

静

[俄罗斯]蒲宁

伊凡·阿历克谢耶维奇·蒲宁（1870—1953）俄罗斯经典作家，出身于贵族世家，但家道中落，靠自学成材。1887年发表第一首诗作，1898年诗集《在宽阔的天空下》问世，高尔基赞誉他是"当代的第一个诗人"。但在他整个创作中占主要地位的是小说和散文。本世纪最初16年是蒲宁创作的极盛时期，许多优秀的作品都是在这一时期问世的，如抒情散文《安东诺夫卡苹果》（1900），短篇小说《四海之内皆兄弟》（1914）、《从旧金山来的先生》（1915），中篇小说《乡村》（1910）、《苏霍多尔》（1912）等。

我们是在夜里到达日内瓦的，正下着雨。拂晓前，雨停了。雨后初霁，空气变得分外清新。我们推开阳台门，秋晨的凉意扑面而来，使人陶然欲醉。由湖上升起的乳白色的雾霭，弥漫在大街小巷上。旭日虽然还是朦朦胧胧的，却已经朝气勃勃地在雾中放着光。湿润的晨飔轻轻地拂弄着盘绕在阳台柱子上的野葡萄血红的叶子。我们盥漱过后，匆匆穿好衣服，走出了旅社，由于昨晚沉沉地睡了一觉，精神抖擞，准备去作尽情地畅游，而且怀着一种年轻人的预感，认为今天必有什么美好的事在等待着我们。

"上帝又赐予了我们一个美丽的早晨,"我的旅伴对我说,"你发现没有,我们每到一地,第二天总是风和日丽?千万别抽烟,只喝牛奶和只吃蔬菜。以空气为生,随日出而起,这会使我们神清气爽!不消多久,不但医生,连诗人都会这么说的……别抽烟,千万别抽,我们就可体验到那种久已生疏了的感觉,感觉到洁净,感觉到青春的活力。"

可是日内瓦湖在哪里?有片刻工夫,我们茫然地站停下来。远处的一切,都被轻纱一般亮晃晃的雾覆盖着。只有街梢那边的马路已沐浴在霞光下,好似黄金铸成的。于是我们快步朝着被我们误认为是浮光耀金的马路走去。

初阳已透过雾霭,照暖了阒无一人的堤岸,眼前的一切无不光莹四射。然而山谷、日内瓦湖和远处的萨瓦山脉依然在吐出料峭的寒气。我们走到湖堤上,不由得惊喜交集地站住了脚,每当人们突然看到无涯无际的海洋、湖泊,或者从高山之巅俯视山谷时,都会情不自禁地产生这种又惊又喜的感觉。萨瓦山消融在亮晃晃的晨岚之中,在阳光下难以辨清,只有定睛望去,方能看到山脊好似一条细细的金线,逶迤于半空之中,这时你才会感觉到那边绵亘着重峦叠嶂。近处,在宽广的山谷内,在凉飕飕的、润湿而又清新的雾气中,横着蔚蓝、清澈、深邃的日内瓦湖。湖还在沉睡,簇拥在市口的斜帆小艇也还在沉睡。它们就像张开了灰色羽翼的巨鸟,但是在清晨的寂静中还无力拍翅高飞。两三只海鸥紧贴着湖水悠闲地翱翔着,冷孤丁其中的一只,忽地从我们身旁掠过,朝街上飞去。我们立即转过身去望着它,只见它猛地又转过身子飞了回来,想必是被它所不习惯的街景吓坏了……朝暾初上之际有海鸥飞进城来,住在这个城市里的居民该有多幸福呀!

我们急欲进入群山的怀抱,泛舟湖上,航向远处的什么地方……然而雾还没有散,我们只得信步往市区走去,在酒店里买了酒和干酪,欣赏着纤尘不染的亲切的街道和静悄悄的金黄色的花园中美丽如画的杨树和法国梧桐。在花园上方,天空已被廓清,晶莹得好似绿松石一般。

"你知道吗,"我的旅伴对我说,"我每到一地总是不敢相信我真的到了这个地方,因为这些地方,我过去只能看着地图,幻想前去一游,并且时时提醒自己,这只不过是幻想而已。意大利就在这些崇山峻岭的后边,离我们非常之近,你感觉到了吗?在这奇妙的秋天,你感觉到南国的存在吗?瞧,那边是萨瓦省,就是我们童年时代阅读过的催人落泪的故事中所描写的牵着猴子的萨瓦孩子们的故乡!"

码头旁,游艇和船夫都在阳光下打着瞌睡。在蓝莹莹的清澈的湖水中,可以看到湖底的沙砾、木桩和船骸。这完全像是个夏日的早晨,只有主宰着透明的空气的那种静谧,告诉人们现在已是晚秋。雾已经消散得无影无踪,顺着山谷,极目朝湖面望去,可以看得异乎寻常的远。我们迫不及待地脱掉上衣,卷起袖子,拿起了桨。码头落在船后了,离我们越来越远。离我们越来越远的还有在阳光下光华熠熠的市区、湖滨和公园……前面波光粼粼,耀得我们眼睛都花了,船侧的湖水越来越深,越来越沉,也越来越透明。把桨插入水中,感觉水的弹性,望着从桨下飞溅出来的水珠,真是一大乐事。我回过头去,看到了我旅伴那升起红晕的脸庞,看到了无拘无束地、宁静地荡漾在坡度缓坦的群山中间浩瀚的碧波,看到了漫山遍野正在转黄的树林和葡萄园,以及掩映其间的一幢幢别墅。有一刻间,我们停住了桨,周遭顿时静了下来,静得那么深邃。我们闭上眼睛,久久地谛听着,什么声音也没有,只有船划破水面时,湖水流过船侧发出的一成不变的汩汩声。甚至单凭这汩汩的水声也可猜出湖水多么洁净,多么清澈。

"划吗?"我问。

"慢着,你听!"

我把桨提出水面,连汩汩的水声也渐渐消失。从桨上滴下一颗水珠,然后又是一颗……太阳照得我们的脸越来越热……就在这时,一阵悠扬的钟声,从很远很远的地方飘至我们耳际,这是深山中某处的一口孤钟。它离我们那么远,有时我们只能隐隐约约听到它的声音。

"你还记得科隆大教堂的钟声吗?"我的旅伴压低声音问我。"那天我比你醒得早,天还刚刚拂晓,我便站在洞开的窗旁,久久地谛听着独自在古老的城市上空回荡的清脆的钟声。你还记得科隆大教堂的管风琴和那种中世纪的壮丽吗?还有莱茵省,那些古老的城市,古老的图画,还有巴黎……然而那一切都无法和这里相比,这里更美……"

由深山中隐隐传至我们耳际的钟声温柔而又纯净,闭目坐在船上,侧耳倾听着这钟声，享受着太阳照在我们脸上的暖意和从水上升起的轻柔的凉意，是何等的甜蜜、舒适。有一艘闪闪发亮的白轮船在离我们约莫两英里远的地方驶过，明轮拍击着湖水，发出疏远、喑哑、生气的嘟囔声，在湖面上激起一道道平展的、像玻璃一般透明的涌，缓缓地朝我们奔来，终于柔情脉脉地晃动了我们的小船。

"瞧，我们已置身在崇山的怀抱之中，"当轮船渐渐变小，终于隐没在远处以后，我的旅伴对我说，"生活已留在那边，留在这些崇山峻岭之外了，我们已进入寂静的幸福之邦，这寂静之邦何以名之，我们的语言中找不到恰当的字眼。"

他一边慢慢地划着桨，一边讲着、听着。日内瓦湖越来越辽阔地包围着我们。钟声忽近忽远，似有若无。

"在深山中的什么地方有一座小小的钟楼，"我想道，"独自在用它回肠荡气的钟声赞颂着礼拜天早晨的安谧和寂静，召唤人们踏着俯瞰蓝色的日内瓦湖的山道，到它那儿去……"

极目四望，山上大大小小的树林都抹上了绚丽而又柔和的秋色，一幢幢环翠揖秀的美丽的别墅正在清静地度过这阳光明媚的秋日……我舀了一杯水，把茶杯洗净，然后把水泼往空中。水往天上飞去，迸溅出一道道光芒。

"你记得《曼弗雷德》吗？"我的同伴说，"曼弗雷德站在伯尔尼兹阿尔卑斯山脉中的瀑布前。时值正午。他念着咒语，用双手捧起一掬清水，泼向半空。于是在瀑布的彩虹中立刻出现了童贞圣母山……写得多美呀！此刻我就在想，人也可以崇拜水，建立拜水教，就像建立拜火教一样……自然界的神力真是不可思议！人活在世上，呼吸着空气，看到天空、水、太阳，这是多么巨大的幸福！可我们仍然感到不幸福！为什么？是因为我们的生命短暂，因为我们孤独，因为我们的生活谬误百出？就拿这日内瓦湖来说吧，当年雪莱来过这儿，拜伦来过这儿……后来，莫泊桑也来过。他孑然一身，可他的心却渴望整个世界都幸福。当年所有的理想主义者，所有的恋人，所有的年轻人，所有来这里寻求幸福的人都已弃世而去，永远消逝了。我和你有朝一日，同样也将弃世而去……你想喝点儿酒吗？"

我把玻璃杯递过去，他给我斟满酒，然后带着一抹忧郁的微笑，加补说：

"我觉得，有朝一日我将融入这片亘古长存的寂静中，我们都站在它的门口，我们的幸福就在那扇门里边。你是否记得易卜生的那句话：'玛亚，你听见这寂静吗？'我也要问你：你有没有听见这群山的寂静呢？"

我们久久地遥望着重重叠叠的山峦和笼罩着山峦的洁净、柔和的碧空，空中充溢着秋季的无望的忧悒。我们想象着我们远远地进入了深山的腹地，人类的足迹还从未踏到过那里……太阳照射着四周都被山岭锁住的深谷，有只兀鹰翱翔在山岭与蓝天之间的广阔的空中……山里只有我们两人，我们越来越远地向深山中走去，就像那些为了寻找火绒草而死于深山老林中的人一样……

我们不慌不忙地划着桨，谛听着正在消失的钟声，谈论着我们去萨瓦省的旅行，商量我们在哪些地方可以逗留多少时间，可我们的心却不由自主地离开话题，时时刻刻在向望着幸福。我们以前所从未见到过的自然景色的美，以及艺术的美和宗教的美，不论是哪里的，都激起我们朝气蓬勃的渴求，渴求我们的生活也能升华到这种美的高度，用出自内心的欢乐来充实这种美，并同人们一起分享我们的欢乐。我们在旅途中，无论到哪里，凡是我们所注视的女性无不渴求着爱情，那是一种高尚的、罗曼蒂克的、极其敏感的爱情，而这种爱情几乎使那些在我们眼前一晃而过的完美的女性形象神化了……然而这种幸福会不会是空中楼阁呢？否则为什么随着我们一步步去追求它，它却一步步地往郁郁苍苍的树林和山岭中退去，离我们越来越远？

那位和我在旅途中一起体验了那么多欢乐和痛苦的旅伴，是我一生中所爱的有限几个人中的一个，我的这篇短文就是奉献给他的。同时我还借这篇短文向我们俩所有志同道合的萍飘天涯的朋友致敬。

家 园

[俄罗斯]勃洛克

亚历山大·亚历山德罗维奇·勃洛克（1880—1921），俄罗斯杰出诗人。富有文化修养的家庭及孩提时代接触的19世纪俄国优秀诗人的诗作，对他诗歌才华的发展起着重要的影响。1898年进入彼得堡大学法律系，1901年转入语文系。早年创作受象征主义影响，1904年出版的《美妇人诗集》使他蜚声文坛。勃洛克的诗歌充满人道主义激情和历史主义的思索，形式明快优美，文字抒情生动，音律和谐。散文虽不是他的强项，但也具有诗歌作品的某些特色。

  世上有个最纯真、最愉快的节日。它是对黄金时代的回忆，是如今快消失殆尽的一种感情——对家园的感情的最高点。

  在俄罗斯家庭，生日如圣诞枞树烛光晚会那样幸福愉快，如松脂那样纯真明洁。居首位的是翠绿的大树和欢声笑语的孩子们；连没有尝到生活乐趣的成年人也都挤在墙边，少了些烦恼。一切都在欢喜跳跃——无论是孩子们，还是点燃的烛光。

  正是对这一节日的感情，正是对家园怀着不可动摇的信念，正是意识到吉祥如意的风习的合理性，陀思妥耶夫斯基创作了（在1876年的《作家日记》中）短篇小说《枞树晚会上基督身旁的小男孩》。当冻僵的小男孩从街上透过大玻璃窗，见到枞树和漂亮的小姑娘，听到音乐声时，这一切对于他就是某种天堂的幻景：犹如在死亡的梦境中他仿佛见到了幸福的新生活。还有什么比这个明亮的大厅、比小姑娘纤细的小手和透过玻璃窗传来的音乐声更光明幸福的呢？

确实如此。但是，就连陀思妥耶夫斯基也已经预感到另一种情景：他堵上耳朵，惊恐地急忙用手挡住他可能听到见到的东西和声响，可他还是听到了轻微而急促的脚步声，见到了一头黏糊糊、极丑陋的灰色动物。由此便是他的匆忙，他的沮丧，他的"衣袋里的黄金时代"。我们已经不想要这种黄金时代，它太像医生想对疾病的可怕结局提出警告而使用的大剂量药物。可是黄金时代的药草并不灵验：灰色大动物已经爬进门，嗅着，四下打量着，还没等医生回过头来，它已经同全体家庭成员逗着玩，同他们交上了朋友，并且把病菌传染给他们。很快它就自由自在地躺到炉子旁，如同在家里一样；它整个儿占据了知识分子的住宅、房舍、街道、城市。到处布满了令人厌恶的蜘蛛网；这时才明白，硕大无比、讨厌的灰色母蜘蛛是如何从俄罗斯家庭那纯洁善良的风习中滋生出来的。

不知为何出现了一片庄严隆重的寂静，因为人声仿佛缠在了蜘蛛网上。只有作家们在有气无力地叫喊，但已经毫无效果。人们不再听他们的；他们没有停止叫喊；于是人们想出了新的方法：开始称他们是"颓废派"，这一称呼在那时几乎是有伤风化和精神失常的代名词。

母蜘蛛不断繁殖，变得规模空前：舒适的住所、往昔的一切都如同陀思妥耶夫斯基笔下的"永恒"、如同"角落里爬满蜘蛛的农村澡堂"那样成为艺术家们钟爱的东西和家庭关心的目标。小客厅里，办公室内，儿童卧室的寂静中，都微微燃起会传染的欲火。当风儿在炉子的烟囱里唱着自己尖细的歌儿时，肥胖的母蜘蛛在善良而普通的人们那宁静的炉子旁点燃了淫欲的小灯。

在所有美学纷争的背后，在被用"颓废派"的名称打上印记的背叛者那乱哄哄的叫喊背后，能听到健康人的脉搏和过美好和谐生活的愿望，比如让母蜘蛛爬得远远的愿望。可是就连颓废派本身也感染上了蜘蛛的毒素。同时在他们的读者身上也呈现出被完全感染的症状。

人们开始过一种奇怪的、与人类完全格格不入的生活。他们原先以为，生活应该是自由的、美好的、有宗教信仰的、有创造性的。自然、艺术、文学——占着首要地位。现在另一些人的类型却得到了发展，他们把这些概念完全变了样，然而却被认为是健康人。他们忙忙碌碌，面色苍白。他们身上的激情消失殆尽——大自然对他们来说变得陌生和不可理解。他们把自己的所有时间献给国家事务，而对艺术却一窍不通。缪斯对他们来说变得无法忍受。他们精神苦闷，一点点地失去，开始是上帝，后来是世界，最后是自己。他们仿佛是个圆规，机械地描绘着自己生活的某个圆圈，所有的感情、爱好和向往都互相挤压着，在那个圆圈里找到了各自的位置。这个事先画好的圆圈却被叫作正常人的生活。圆圈在细长的腿上膨胀、运动；这时旁观者开始明白，这是母蜘蛛在爬，而在母蜘蛛身上坐着的是正在被它活生生吃掉的正常人。

他在那里坐着，给自己购置家产，生儿育女——而自己的所有事务却同时出现古怪而可笑的丑恶现象，因此客观地作着观察和比较的旁观者，有如一个譬如说艺术家——已经完全可以见到一幅极为滑稽可笑的图景：一个绿色的、繁花如锦的世界，而在它的怀抱里却全是些大肚子的城市蜘蛛，它们啃吸着四周的植物，散发出嘈杂声、呛人的油烟和恶臭。在它们透明的躯体里待着同样一些大肚子的人，只是小些：他们待着，咀嚼着，匆匆忙忙地写着，然后乘上极可笑的轻便马车去最恶臭之处休息和呼吸新鲜空气。

一个蜘蛛住所的内部情况被再现在列昂尼德·安德烈耶夫的短篇小说《小天使》中。我提这部短篇，是因为它明显地与陀思妥耶夫斯基的《枞树晚会上基督身旁的小男孩》相一致。那个透过大玻璃窗望见枞树晚会和家庭欢乐的小男孩，看来好像是新的幸福生活、节日和天堂。安德烈耶夫的小男孩萨什卡没有见到枞树，也没有听到透过玻璃窗传出的音乐声。他被拖到了枞树晚会上，被强行带入节日的天堂里。新天堂里有什么呢？

那里一点也不好。那里有教孩子们口是心非的小姐，有满口谎话的漂亮太太和愚蠢透顶的秃顶先生；一句话，一切都像许多正派家庭所有的那样——平常、安静和令人难受。那里有"永恒"，有"角落里爬满蜘蛛的农村澡堂"，有多数家庭所固有的鄙俗行为的平静。

所有这一切仿佛只是很糟糕，不多也不少，如果一位把这一切描绘下来的作家没有把能破坏鄙俗行为宁静的一句尖锐的话抛出去的话。没有这句话便仿佛没什么可揭露的，一切依然如故。

问题却在于，在这篇老的短篇小说（写于1899年的《小天使》）中已经响起一种音调，它使"现实主义者"安德烈耶夫不幸地与"该死的"颓废派互相接近。这是丧失理智的音调，它直接源自鄙俗行为和蜘蛛的平静。除此之外，这是透过整个19世纪俄国文学响起的音调，是只在19世纪末才变得异常痛苦和尖利的音调，因而也就听得更为清晰。音调里透出极度的悲观失望，因为音调里表现出作家们和政论家们对立的原因，反映出作家对自己和世界丧失理智所感到的恐惧，而这一音调恰恰长期还不为一些人所理解。他们为了自己死板的神圣不可侵犯，把这音调拖得老长，并且不想知道，当它猝然中止时将会有什么。将会有不祥的平静，呆滞的目光，死亡，精神失常和悲观绝望。

这一音调可以在安德烈耶夫短篇小说的一句话中听到。他叙述道，当主人的孩子们在等待枞树晚会之间用软木塞互相射击对方鼻子的时候，小姑娘们笑着，把双手贴在胸前，弯下了身子。这是个多么平常、多么小的细节，似乎对它不屑一顾。但是我在这句话中却听到了一种只能形象地解释的恐惧。

我的眼前浮现出一幅图景：画面上只有一个摆出安德烈耶夫所描述的那种姿态的半大姑娘。它弯下身子，这就是说，她的脸呈三角形，头冲下；她笑着；就是说她那笑眯眯地眯成一条缝的眼睛下面出现了几道与脸庞不相称的皱纹，好似年轻人的眼睛旁有几道老年人那样的皱纹；而她把双手贴在胸前，好似用它们轻轻托住薄纱，薄纱下是不很清晰的、已非少女的胴体。这很像斯维德利加依洛夫关于手持花束的小姑娘的梦，像弗鲁别利笔下那些苍白的脸呈三角形的疯女人肖像。但这却是同样一只黏糊糊的母蜘蛛在编织淫欲的蜘蛛网。

我不必去杜撰和发展安德烈耶夫所描述的姿态的内涵。也许，作家本人感觉到了这一内涵，尽管是无意识的。值得回忆的，是他的所有短篇小说都燃烧着理智丧失的火焰；其实，这一切只是一个故事，他以天才的渐进和自持在那里描绘出鄙俗的日常生活从平静过渡到精神失常的全阶段。在我们的故事中,这一过渡本身很容易而且已经毫无疑问地被勾画出轮廓。

萨什卡只从天堂的枞树上取下了一个安琪儿,为的是使所有这些萨什卡命中注定的人生之路变得幸福美满而不再危险可怕。他从天堂来到寒冷的夜晚、偏僻的小巷、隔板的后面、喝醉酒的父亲跟前。那里没有向他献殷勤的太太,没有表示愿意送他进技工学校的先生,没有笑弯了腰的小姑娘们。父亲和萨什卡怡然自得地入睡,安琪儿在炉子的通气孔里消失。

窗子里已经"透入新的一天那鱼肚白的光亮"。

怎么办?怎么办。再没有家园。一望无际、黏糊糊的蜘蛛占据了作为黄金时代象征的神圣而静谧之处。纯洁的风习、平静的笑容、静悄悄的夜晚——全被蜘蛛网缠住,时光业已停流。喜悦冷却,炉火熄灭。再也没有春夏秋冬。家家户户的大门全朝着风雪弥漫的广场敞开。

忆亚历山大·勃洛克

[俄罗斯]阿赫马托娃

安娜·安德列耶夫娜·阿赫马托娃（1889—1966），俄罗斯著名女诗人。原姓戈连科，出生知识分子家庭，自幼酷爱诗歌。她的诗歌创作得到重新评价，被公认为"诗歌语言的光辉大师"；在国际诗坛也获得极高声誉，1964年获意大利埃特内·塔奥尔米诺国际诗歌奖，1965年获牛津大学名誉博士学位。阿赫马托娃除了诗歌创作外，还从事普希金等作家的研究和散文写作，20纪世60年代在报刊上发表一系列散文作品，后被编入1976年出版的《阿赫马托娃诗歌与散文集》一书。

  1913年秋在彼得堡，一天为欢迎维尔哈伦来到俄国，别尔图热夫讲习班在某个饭店举行了一次盛大而范围有限（即对讲习班学员们有限制）的晚会。组织者之中的一位女性想起邀请我参加。我即将欢迎的维尔哈伦，曾使我淡淡地迷恋过，这倒不是因为他那著名的都市主义，而是由于他的一首小诗《天涯海角旁有座小木桥》。

  但是我想象的豪华的彼得堡一家饭店的招待会，不知为什么总是类似追悼亡者的宴席、燕尾服、上等香槟酒、蹩脚的法语和祝酒词——因此我看中的倒是那些学员们。

光临这次晚会的有把自己的一生献给为妇女的平等权利而斗争的女慈善家太太们。她们中有一位是我从小熟悉的女作家阿里阿德那·弗拉基米罗夫娜·特尔科娃-韦尔格日斯卡娅，她有一次在我讲话之后说："瞧，阿尼奇卡为自己争得了平等权利。"

　　在演员室我遇见了勃洛克。

　　我问他，为什么他不去参加维尔哈伦的招待会。诗人以感人的直率回答说："因为那边邀请朗诵，可我不会讲法语。"

　　一个女学员带着名册走到我们跟前说，我的朗诵安排在勃洛克之后。我央求道："亚历山大·亚历山德罗维奇，我不能在您之后朗诵。"他责备地回答说："安娜·安德烈耶夫娜，我们不是男高音歌手。"当时他已是俄国著名作家。我已经有两年的时间经常在"诗人车间""艺术语言爱好者协会"和维亚切斯拉夫·伊万诺夫的杂志《塔》编辑部朗读过自己的诗作，可是在这里一切完全不一样。

　　舞台掩盖一个人的程度与毫不留情地暴露他的程度是一样的。舞台在某种程度上像是个断头台。也许，那时我头一次感到了这一点。所有参加者开始觉得朗诵者像是某个多头怪蛇。控制整个大厅是很困难的——左琴科是擅长此道的天才。帕斯捷尔纳克在舞台上也很出色。

　　谁也不认识我，当我进去时，响起了高喊声："这是谁？"

　　勃洛克建议我朗诵《我们在这里全都是游手好闲的人……》。我表示反对："当我读到'我脱下那紧身衣裙'时，他们会笑的。"他回答说："当我读到'酒鬼都有一对兔子眼'时，他们也会笑的。"

　　好像不是在那里，而是在某个文学晚会上，勃洛克听完伊戈尔·谢韦里亚宁的朗诵后，回到演员室说："他有着一副油腻腻的律师的嗓音。"

　　30年代末的一个星期天，我给勃洛克带来他的几本书，想请他题词。在每本书上他都简单地写上："给阿赫马托娃-勃洛克"（这就是：《美女士诗抄》）。而在第三本上诗人给我题了一首短诗：《人们说您美如天仙……》。我从没有一条西班牙披巾，并在披巾上作过画，但当时勃洛克醉心于卡门，便把我也西班牙化了。我当然也从未在头上戴过红玫瑰花。这首诗用西班牙的罗曼采洛诗节写成并不是偶然的。1921年春，我们在大剧院的后台最后一次相见时,勃洛克走近我并问:"西班牙披肩在哪儿呢?"这是我从他那里听到的最后一句话。

当我唯一一次在勃洛克家里时,我曾顺便提到诗人贝内迪克·利夫希茨抱怨说,他,勃洛克"以他自己的存在妨碍他写诗"。勃洛克面无笑容,非常严肃地回答说:"我理解这一点。妨碍我写作的是列夫·托尔斯泰。"

1914年夏。我在基辅市郊达尔尼察的妈妈处。七月初,我途经莫斯科回斯列普尼奥沃农村自己家。在莫斯科我坐上了最先遇上的一趟邮车。我在敞篷的车厢台上吸烟。在一处空旷的小站旁,机车制动,有人扔下邮袋。勃洛克突然出现在我那惊奇的目光前。我大叫一声:"亚历山大·亚历山德罗维奇!"他回过头来,仿佛他不仅是位伟大的诗人,而且还是位提出委婉问题的专家那样问道:"您和谁一起乘火车呢?"我刚来得及回答:"就我一人",车就启动了。

今天,51年后,我翻开勃洛克的《札记集》,在1914年7月9日下面我读到:"我与妈妈一起参观索尔涅奇纳亚附近的一家疗养院——该死的吓了我一跳——安娜·阿赫马托娃在邮车上。"

勃洛克在另一处记下,我像德尔马斯那样和库兹明娜-卡拉瓦耶瓦一起在电话里把他弄得疲惫不堪。看来,我可以就此提出某些见证。

我给勃洛克打电话,亚历山大·亚历山德罗维奇以他特有的直率和思考方式,大声问:"您给我打电话,大概是因为阿里阿德娜·弗拉基米罗夫娜·特尔科娃向您转述了我说了些您什么?"我好奇得要命,在某个她的接待日,到了阿里阿德娜·弗拉基米罗夫娜那里,问勃洛克说了些什么。但是她铁面无情:"阿尼奇卡,我从不对我的客人说别人说了他们什么。"

勃洛克的《札记集》赐予我一份小礼物,使我从忘却的深渊摆脱出来,把日子归还给那些几乎被遗忘的事件:又是那座伊萨基辅大教堂的木桥,他激情满怀,游向涅瓦河口,而我同我的旅伴惊惧地望着这不寻常的情景,而这天的日子是勃洛克记下的1916年7月11日。

又是我再次见到勃洛克的日子,那已经是革命后的1919年1月21日,我在剧院食堂遇见清瘦的勃洛克,那眼神像疯子似的,他对我说:"大家在这里相逢，恍若是在另一个世界上。"

瞧我们三人（勃洛克、古米廖夫和我）于战争的头几天（1914年8月5日）在皇村车站用午餐（古米廖夫已经穿上士兵制服）。当时勃洛克奔走于应征入伍者的家庭里，为了给他们以帮助。当我们剩下两人时，科利亚说："难道也要派他上前线？要知道这同烤夜莺是一样的啊！"

四分之一世纪后，还是在那座剧院里，举行了纪念勃洛克的晚会（1940年），我朗诵了我刚创作的诗篇：

> 他是对的——又是路灯，药箱，
> 涅瓦河，沉寂无声，花岗岩……
> 像座世纪之初纪念碑，
> 斯人在那里伫立——
> 当他向普希金之家
> 挥几下手告别之时，
> 他收下了死神的倦意，
> 一如接受不应得的安谧。

致里尔克

[俄罗斯]帕斯捷尔纳克

鲍里斯·列昂尼多维奇·帕斯捷尔纳克（1890—1960），俄罗斯著名诗人、小说家、翻译家。主要作品有诗集《生活，我的姐妹》（1922）、《重生》（1932）、《在早班列车上》（1943）、《冬天的原野》（1945）和长诗《1905年》（1926）、《施密特中尉》（1927）等。1958年10月23日瑞典皇家学院宣布，由于他"在现代诗和俄罗斯伟大叙事诗传统方面取得的重大成就"，授予他诺贝尔文学奖。

  如果您活着，我今天会给您写信。此刻，我完成了献给您的《旅行护照》。昨天晚上，苏联对外文化协会请我去办了一件与您相关的事。为编辑您的书信集，法国方面希望得到您在其中拥抱并祝福过我的那封短信。我当时没有回复那封短信。我相信能与您亲切会见。然而，代替我出国的却是妻子和儿子。

  把像您的文字这样的馈赠搁置一边，不予回答，是很不轻松的。但是我害怕，在满足于与您的通信之后，我也许会永久的地停留在通向您的半途中。可我必须见到您。在此之前，我决心不给您写信。我也曾设身处地为您想过（因为我的沉默会让您惊讶），当我想到茨维塔耶娃女士在与您通信时，我便坦然了，因为，虽说我不能代替茨维塔耶娃，茨维塔耶娃却能代替我。

当时我已有了家庭。我以犯罪的方式开始了一件我没有足够的条件去做的事，并将另一种生活引入这一尝试，与此同时，又为第三种生活打下了基础。

微笑使年轻女画家的下巴圆得像一只小圆面包，她的脸颊和眼睛洒满了微笑的光芒。这时，她似是怕阳光，眯缝起那双目光无神、散乱的眼睛，就像近视者或胸部孱弱的人那样。当微笑流溢到美丽、宽阔的额头，一个韧性的容貌便越来越频仍地摆动于圆与椭圆之间，让人想起意大利的文艺复兴。被微笑映得容光焕发的她，非常像吉兰达约的女性肖像画中的一幅。这时，便想让阳光在她的脸上沐浴。因为为了美，她永远需要这照耀，因此，为了欢喜，她需要幸福。

人们会说，每一张脸都如此。非也，我知道另一些脸庞。我知道一张脸庞，它既刺眼又让人惊叹不已，在痛苦和欢乐中它都同样动人，并且它越美，你越是能在别人的美黯然失色的情况下更经常地遇见它。无论这女性是声名鹊起，还是身处逆境，她那吓人的魅力都毫无变化，她在大地上无论需要什么都远远少于大地对她的需求，因为这便是女性气质，就像完整地从创造的采石场中取来的一块粗糙的、不碎的自尊。因为，外部规律更强地决定女性的气质和性格，所以，这一女性的生活、实质、名誉、激情，均不依赖于照耀，她也不像前者那样害怕痛苦。

就这样，我生活着，属于一个家庭——我清楚地记着那一天。我妻子不在家。她一整天都在高等艺术学校。前厅里摆着一张自早晨起就未收拾过的餐桌，我坐在桌边，若有所思地从煎锅里盛起炸土豆，窗外，雪在犹豫不决地飘落，形成稀疏不多的雪堆，它时落时停，似在怀疑什么。但是，被冬天里的春日明显延长了的一天，却像一个嵌入物，被镶嵌在迷蒙的、带有毛茸茸白边的窗框间。

这时，有人在外面叫门，我打开门，来人递过一封国外来信。这是父亲写来的，我埋头读起信来。

那天早晨，我第一次读了《结局之诗》。我偶然得到了这部长诗的一份莫斯科的手抄本，毫无疑问，长诗的作者对于我来说意义重大，许多信息来往于我们之间或正在半途中。然而，在那天之前，我竟还不知道这部长诗，也不知道后来接到的《克雷索洛夫》。因此，早晨读完长诗后，我仿佛仍处于这部长诗扣人的戏剧性力量所造成的迷惘中。此刻，我激动地读着父亲的信，知道了您的50诞辰，知道您高兴地接受了父亲的祝贺并回了信，突然，我意外地读到了当时还令我不解的一个附笔，说我不知怎么竟为您所知。我站起身来，离开了桌子。这是一天里的第二个震撼。我走到窗边，哭了起来。

如果有人告诉我，人们在天上阅读我的作品，我也不会更为惊奇。在我对您20余年的崇拜中，我不仅没有设想过这种可能，而且还事先剔除了这一可能，如今，它改变了我关于自己的生命及其过程的认识。生命的弧线及其终端在一年年地散开，似乎永远不该聚合，可是突然，在眨眼的瞬间，它紧紧接合在我的眼前。在何时！在最不合适的一天之最不合适的一刻！

院子里，2月末不太暗的、饶舌的黄昏已然来临。一生中，我第一次意识到，您，是一个人，我可以给您写信，您在我的存在中将发挥巨大的非人工的作用。在此之前，我从未有过这样的念头。如今它突然降临在我的意识中。我很快便给您写了信。

我如今也许很怕再看到那封我已不记得的信。对您说您是什么样的人，这是世上最轻松不过的事。但是，如果我谈起自己，亦即谈起我们的时代，那我就未必能处理好那尚不成熟的主题。

我未必能恰当地向您叙述所有革命中永远是头几天的那些日子，那里，德穆兰们会跳上桌子，用为空气干杯来激奋路人。我是这些日子的见证人。现实就像一个私生女，半裸着身子逃出牢房，将彻头彻尾地不合法、无嫁妆的整个自我，凌驾于合法历史之上。我看到大地上的夏天，这个夏天似乎认不出自我了，它是自然的，走在历史前面的，似是走向新的发现。我留下了一本描写这个夏天的书。在书中，我表达出了有助于了解这场最不同寻常、最难以捉摸的革命的一切。

果戈理

[俄罗斯]费定

康斯坦丁·亚历山德罗维奇·费定（1892—1977），俄罗斯著名老作家。1914年毕业于莫斯科商学院，1921年参加文学团体"谢拉皮翁兄弟"，1924年以长篇小说《城与年》闻名遐迩。四年后又有长篇《兄弟们》问世，反映为革命艺术所进行的斗争。他的三部曲《早年的欢乐》（19945）、《不平凡的夏天》（1947—1948）、《篝火》（1—2卷，1961—1965）是费定一生最重要的作品，被列为社会主义现实主义的经典之作，前两部获1949年斯大林一等奖。

果戈理！少年、青年、男子和妇女、掌握知识为时不久的中学生和熟悉生活、聪慧颖悟的老者的永恒旅伴。

一俟果戈理渗入我们的心灵，他已然永不离去，而是永久在我们的意识和心中定居，并且像在家里那样在那里生活着——异常果敢，从容安适。

仿佛这全然不是他——机敏过人、既谦和又凶猛的诗人——以各种神奇的、怪诞的、高尚的、忧郁的、温柔的、可怜的、可笑的人物和容貌丰富我们的想象力。

仿佛这是我们亲眼看见所有这些活生生的典型，亲自在米尔哥罗德和波尔塔瓦，在季坎卡、基辅和彼得堡，神话般地和现实主义地作着非凡的发现。

"好一个诺兹德廖夫鬼东西！"有一次我们感叹道，甚至都不曾去想，是谁在我们的观念中一下子形成了一个被塑造的猾诈的无赖汉诺兹德廖夫的形象。

每个这样的形象存在于我们的思维世界里，有如一个单独的、与其他概念分离的、兽类模样的东西，而果戈理本人像个主人，仿佛独自在它们一旁生活着，打开鸟笼和兽笼，若有所思地观察着自己那些毛色不一、形状各异的小动物。

把如此大量的、不胜枚举的形象化概念引入日常生活，以便人们能时常利用这些概念——这样的工作只有天才才力所能及。

果戈理做到了这一点。

须知他的典型们的名字好像成了俄语词汇本身。光说它们已经成为普通名词是不够的。它们是人的品质最常见的文字符号的最独特的同义词。

比如我说："喂，你知道吗，这就是个泼留希金！"——谁也不会想问，这是谁，或是泼留希金究竟是什么？就像我说："喂，你知道吗，这就是最最吝啬的吝啬鬼！"

没有一个作家能像果戈理那样，在自己死后永远保留那样数量的活生生的主人公。

真是形形色色！从最豪放豁达的勇士和英勇无畏的爱国者塔拉斯到爱占便宜的柯罗博奇卡。从心地朴实、只想望自己的烟袋、捕小鸨和野兔、但经不住可怕的地鬼的目光的霍马·布鲁特，到根本不需要任何修饰语的赫列斯达科夫，因为他自己为各式各样游手好闲之徒、自吹自擂之徒、好耍嘴皮子的招摇撞骗之徒作了再好不过的修饰语。

不，不可思议的天才果戈理赐予我们民族文化和全世界的所有主人公和概念是无可胜数和命名的！

我们把我们对果戈理的、对他令人异常激动的创作那火热的、满怀激情的爱献给他。他与我们生活在一起，他活在我们中间。我们与他永不分离。

继普希金之后，果戈理造就了一个光荣的文学时期，成为俄国文艺小说的导师，并且至今仍然是。他仍然不仅是受读者欢迎的艺术家，而且是教导写作的艺术家。

果戈理在自己的一封书简中提到了《死魂灵》第二部的人物，称他们为"有缺陷的主人公"。

苏联文学是在生活的各种"善与恶"的矛盾中、在生与死的斗争中揭示生活的文学，它不可能回避我们现实生活的"有缺陷的主人公"。

果戈理的不可思议的天才就在于此，他超越时代，把手伸给我们当代作家，召唤他们描绘各种面目的敌人，如同召唤伟大的俄国文学的经典作家们如斯做那样。

他确实是我们的永恒旅伴。

 # 开 始

[俄罗斯]巴别尔

伊萨克·巴别尔（1894—1940），二三十年代俄罗斯最优秀的短篇小说家之一。作品文笔洗练，描写准确。他主张，语言的明快与力量完全不在于再也找不到可以增补的修饰语，而在于再也找不到可删的词语。因此帕乌斯托夫斯基称巴别尔的短篇简练得像电文。但经历坎坷，存世作品不多。主要作品有1926年出版的《骑兵军》和1931年出版的《敖德萨的故事》。巴别尔还写有剧作、电影剧本和随笔、散文等。

20年前，那时我还很年轻，衣袋里装着一张假身份证，在圣彼得堡市内游来荡去。正是严寒的冬季，我却没穿大衣。应当承认，大衣我倒是有的，可是根据原则性的理由，我没有穿它。那时候我的全部财产就是几篇短篇小说，这些小说不但很短，而且也写得很不合乎规矩。我把这些短篇小说送到各个编辑部去，谁也不想看它们，即使它们偶然让什么人看到了，也只能产生相反的作用。有一家杂志的编辑通过看门人给我送来了一个卢布，另一个编辑说我的稿子纯粹是胡说八道，不过他的老丈人开了个面粉店，我可以到这个面粉店里去当店员。我拒绝了，而且明白，我只有去找高尔基，此外再没有旁的出路了。

当时在彼得堡出版一份国际主义的杂志《年鉴》，它只出了几个月，就

已经成了一份最好的月刊。它的主编是高尔基。我到大货币街上去找他。我的心在狂跳，有时又忽然停止跳动。编辑部的会客室里聚集着你所能想象得出的形形色色极不寻常的人：上流社会的夫人们和所谓的"无业游民们"，阿尔扎马斯的一些报务员，反正教仪式教派的信徒们，还有一些拥有私邸的工人和做地下工作的布尔什维克。

接见应该在六点钟开始。六点整，门打开了，高尔基走了进来，他的身材和他消瘦的程度，他的力量，还有他那粗大的骨骼，一双坚定的小眼睛里闪着的蓝光，那套穿在他身上显得又肥又大，然而十分考究的进口西装，这一切都让我感到惊讶。门是在六点整打开的。他一生始终不渝准确守时，信守这一属于国王们和那些十分能干、对自己很有信心的旧派工人的美德。

会客室里的客人们分成了两部分——送稿子来的人和等待决定自己命运的人。

高尔基走到第二部分人那里。他的步伐轻快，没有声音，我要说，是优美的，他手里拿着一些练习本；其中有几本上，他所写的比作者写的还要多。和每一个人谈话时，他都是那样聚精会神，而且谈得很久，听对方谈话时，又是那样专心，那样全神贯注，集中注意。自己的意见，他总是直截了当地说出来，而且说得很严厉，字斟句酌，只是在很久以后，过了几年和几十年，我们才了解这些话的意义，那时候这些话已经在我们的心灵中走过了一段很长的，不可避免的道路，已经成为生活的准则和方向了。

高尔基和他已经认识的作者们谈完了以后，走到我们这里来，开始收集稿子。他朝我看了一眼。那时候我是个面颊红润、丰满，还未成熟的托尔斯泰主义者和社会民主党人的混合体，没穿大衣，可是戴着用打了蜡的线捆着的眼镜。

事情发生在星期二。高尔基拿过练习本去，说：

"星期五来听回音。"

当时这些话听起来好像是不真实的……通常手稿会在编辑部里睡上好几个月，稿纸都烂了，更经常的是——永远躺在那里。

星期五我又回到那里，遇到了一些新人：和第一次一样，他们当中有公爵夫人和反正教仪式教派的信徒，工人和僧侣，海军军官和中学生。高尔基走进屋里，又匆匆朝我看了一眼，但是他把我留到了最后一个。大家都走了。只剩下了我们两个人——马克西姆·高尔基和我,我好像是从另一个星球上掉下来的,来自我们自己的马赛港(我不知道是否需要说明,我说的是敖德萨)。高尔基叫我到办公室去。他在那里说的那些话决定了我的命运。

"钉子有小的,"他说,"也有大的,——像我的手指这么大。"说着,他把一根塑造得有力而细致的、长长的手指举到我的眼前。"作家的道路上,尊敬的调皮孩子(重音读在O上),布满了钉子,主要是大型的。不得不光着脚在钉子上走,会流相当多的血,而且一年比一年流得多……您是个软弱无力的人——会收买您和贩卖您,会向您提出许多恳求,让您苦恼不堪,会麻醉您,而您会变得萎靡不振,却装作好像是一棵鲜花盛开的树……对于一个正直的人,一个正直的文学工作者和正直的革命者来说,从这条路上走过去是极大的荣誉,我祝福您,先生,去从事这样艰巨的行动……"

应当认为,在我的一生中,没有比我在《年鉴》编辑部里度过的那几个小时更重要的时刻了。从那里出来以后,我完全丧失了我这个人肉体上的感觉。四周是一片蓝光,零下30摄氏度的刺骨严寒,在这样的背景上,我仿佛处于梦呓之中,在首都豪华的巨大走廊上奔跑,在开阔而遥远的、黑暗的天空中奔跑,直到把黑河和新村留在了自己后面,这才清醒过来……

夜已经过了一半了,只是在这时我才回到去彼得堡的方向,回到头天晚上我租下的那间房子里,这间房子是向一个工程师的妻子、一个年轻而毫无生活经验的女人租下来的。当她丈夫下班回来以后,他仔细打量了一下我这个神秘的年轻人,吩咐从前室里拿走所有的大衣和套鞋,把从我的房间通厨房的门锁了起来。

我回到了自己的新住处。隔着一堵墙就是前室,它已经失去了本应放在那里的套鞋和斗篷。喜悦在我心中沸腾,使我浑身热乎乎的,它在折磨我,要求得到发泄。但是没有什么可供选择的发泄办法。我站在前室里,不知在对什么微笑,出乎自己意料地推开了厨房门。工程师正在和他的妻子喝茶。在这么晚的时候看到我,他们的脸色变得煞白,尤其是他们的前额,白得更加厉害。

"开始了,"工程师想,并且作好思想准备,要把自己的生命卖一个很高的价钱。

我朝他那边走了两步,向他承认,马克西姆·高尔基答应发表我的几篇短篇小说。

工程师明白他想错了，竟把一个疯子当成了小偷，于是脸色白得更厉害，更像一个死人了。

"我把我的小说念给你们听听，"我说，说着坐下来，把人家的茶杯挪到我自己面前说："就是他答应要发表的那些短篇小说……"

我那些作品内容的简短堪与我断然忘记了礼貌相媲美。对于那善良的好心人来说，幸而我那些作品中的一部分并未问世。它们给从杂志上剪了下来，成了同时根据两条法律向我起诉的口实——企图推翻现存制度和诲淫。法庭本应于1917年3月开庭审判我，但为我辩护的人民在二月底举行起义，烧掉了起诉书，与起诉一起，连区法院的房子也给烧毁了。

当时阿列克塞·马克西莫维奇住在冠状外堡大街。我把我写的全部稿子都拿给了他，而那时我一天就写一篇短篇小说（以后我不得不放弃这一写作方式，从而陷入与此相反的另一个极端）。高尔基把所有的稿子都看了，所有的稿子他都否定了，并要求我继续写下去。最后我们俩都累了，他用他那稍有点儿喑哑的低音对我说：

"显然已经十分清楚，先生，您什么也没有好好理解，不过您领悟的东西倒不少……因此请您到人间去吧……"

于是第二天我一觉醒来，成了一份尚未诞生的报纸的记者，口袋里装着两百卢布出差费。那份报纸始终也没有诞生，不过那笔旅费对我却挺有用。我的出差持续了七年，许多道路都被我走遍了，许多战斗我都是目击者。过了七年，复员以后，我作了发表作品的第二次尝试，接到他给我的一封短简："好吧，现在可以开始了……"

于是他的手又开始热情和不断地推动我。要不断地，而且要不惜任何代价增加大地上一切需要的和美好的事物的数量——他向成千上万由他发现和培养成长起来的人提出这一要求，并通过他们向全人类提出这一要求。对人类创作空前未有的无限热情支配着他，这样的热情连一刻也不会减弱。当发现他寄予厚望的人毫无成就的时候，他感到十分难过。而当星星之火形成燎原之势时候，他感到幸福，并且高兴地搓着手，向世界、向天空、向大地眨眨眼睛……

精　灵

[俄罗斯]纳博科夫

弗拉基米尔·弗拉基米罗维奇·纳博科夫（1899—1977），美籍俄罗斯作家，出生于圣彼得堡。作品有散文与短篇小说集《山路》（1923）、《葡萄园》（1923）《乔尔勃归来》（1930），长篇小说《玛申卡》（1926）、《卢仁防御》（1929—1930）、《蒙昧主义者的囚房》（1932—1933）和讽喻性中篇《应邀赴刑场》（1935—1936）等。他被称为"新一代最伟大的希望"，其作品被西方盛赞为"格调新奇，结构复杂，色彩缤纷"。他的散文作品则以用词精美、典雅，意境深邃、奇特著称，创作方法兼容现实主义和现代派的成分。

　　我手里的笔勾画着圆圆的、晃动的墨水瓶影，心则在胡思乱想。从隔壁房里传来一记记钟声，仿佛是有人叩问，先是轻轻的，后来越敲越响，连敲了十二下，然后戛然而止，像等候回答。

　　"是的，我在家，请进……"

　　门把手怯生生地响了一下。滴着烛泪的火苗儿歪斜到一边。他侧身从直角形黑洞里挤进屋，猫着腰，灰不溜秋的脸，身上蒙着夜晚的霜花……

　　我熟悉这脸——哦，太熟悉了！

他的右眼隐在暗处，可是椭圆形的、像布了一层氤氲的绿莹莹的左眼害怕地朝我瞪着，而瞳子是红的，像块锈斑……太阳穴上贴着他一绺败草般的头发，还有白乎乎的、稀稀拉拉的眉毛，光嘴巴边上可笑的皱褶——这一切重又勾起了我的回忆，使得我又喜又恼！

我站起身。他逼近一步。

他穿的大衣像女人的窄身大衣，扣得严严实实。手里握顶帽子——不，一团皱巴巴的黑颜色的玩意儿，他压根儿没有帽子……

对了，当然认得，不单认得，甚至还有点儿喜欢，就是怎么也想不起咱俩在什么时候，在哪见过。见倒是常见，否则不会对他那越橘般红艳艳的嘴皮子，尖尖的老鼠耳朵和可笑的喉结记得这么牢……

我含含糊糊地说了句欢迎的话，握了握他轻飘飘、冷冰冰的手，挪了挪破旧靠椅。他如同乌鸦栖息在树墩上般坐在椅子里，忙向我解释：

"街上冷得够呛，所以弯进来看你。认得出我吧？从前咱俩几乎无日不见。在一起嬉耍，你呼我应地闹着玩儿……在那儿，在那故乡……难道你忘了？"

他的声音似同一道闪光，倏地耀得我头晕目眩。我想起了曾有过的幸福，荡气回肠的、无以比拟的、去而不返的幸福……

不，不可能！屋里只我一人……这是我痴人独语！但我身边确实坐着这么个瘦溜溜的、古里古怪的、脚登德国皮靴的家伙，在叨叨、吱吱嘎嘎刺耳却又好听，声音怪熟的，而且吐字清楚，真像是人在说话……

"得，你记起来啦……是呀，我便是以前的林妖，调皮捣蛋的精灵……"

他深深地叹了口气。蓦地我像重又瞧见了悠闲的白云，树端起伏的林澜，林澜掀起的星沫——白桦树皮的斑斑光点，重又听到林澜无休无止的欢乐的轰鸣……他凑近我，亲昵地瞅着我说：

"还记得咱们的林子吗？记得那些黑松林和白桦林吗？全被砍啦……真叫人痛心。眼看着一棵棵倒地，可有什么法子？他们把我赶进沼地。我哭，我喊。我不甘心，我连蹦带跳逃往附近的针叶林。"

"在那儿我伤心得哭了好一阵子……刚安下身，不料林子又没了，只剩下一片瓦灰。我再次流浪,找到一处下脚——挺不错的、生气勃勃的小密林。但总不如原来的。在原来的地方我常常从早玩到断黑,吹口哨,拍巴掌,吓唬过往的人……你记得吗?有一回你和穿白色连裙衫的姑娘在我那儿,在密林深处迷了路,我让一条条林荫小径布成迷宫,我围着树干儿打转,在叶丛里朝你眨巴眼睛,使你晕头转向……不过,这是跟你闹着玩,大不该骂我……好,到新地方,得过且过吧,反正没啥好乐的……不管白天黑夜,四周围噼里啪啦响。我初以为是我的同伙——林妖在闹腾,我亮起嗓门喊了一声,听有没有回音。照旧噼里啪啦,轰轰隆隆。显然不是自己人。有回子趁天没黑,上林间空地瞧个究竟,嘿,地上躺了好多的人,有的仰面朝天,有的四肢趴拉。我想:让我叫醒他们,逗个乐儿!我晃树枝丫,抛松果儿,故意发出响声……折腾半天——白费劲!走近一瞧,我愣了!一个人的脑袋搬了家,只留根红线牵着脖子,另一个的肚子开了花,爬满蛆虫……我吓得大叫一声,掉头便跑,再也受不了……"

"我到过各种样儿的树林,就是找不到能安身的窝,那些树林不是没一点儿声音,又荒凉,又寂寞,就是叫人腻味,腻味得提都不愿提它!最后我打定主意:不如像乡巴佬般背上背篓闯江湖去。别了,罗斯!半途上遇见了我的同族同宗——水妖。她也落了难,怪可怜的,不断唉声叹气:这年月糟透了!真也是的,以前,她虽然娇气,但喜欢招徕客人(这人挺好客)去她的金色沙滩。她招待客人多么殷勤!唱的歌多么娓娓动听!可眼下,她说,河上飘着一片片,一串串的死尸,河水成了泥浆,不再是清凌凌的,憋得人没法透气……她去大海,临时捎带上我,走了一程,把我送上雾蒙蒙的沙滩:去吧,小兄弟,去找小林子安家吧。可我什么也没找到,于是来到了这可怕的、砖墙林立的异国城市……成了流浪汉,轻衣小帽,穿了这么双靴子,按当地人的习惯,甚至学会了当地人的语言……"

他不吱声了,眼睛变得水汪汪的像两片雨淋的树叶,交叉双手,梳成一边溜的浅黄发在摇曳的灯光下一亮一暗。

"我知道你也寂寞难耐,"又响起了他的嗓门,"但比起我揪心裂肺的寂寞来只是轻微的,如你所说的'惆怅'而已。你瞧,在咱们罗斯,我的同族同宗眼下一个也没有了,有的像雾般消逸,有的各奔天涯。故乡的溪河凄凄切切，再没有一只嬉耍的手去拨动水中浮月，幸存的风铃草——我的调皮的朋友草原精灵常常抚弄的古筝——如今孤零零地垂头不语。蓬头垢面但和蔼可亲的门神已离开了你那受辱的门庭。花园里的小树丛，可爱可亲的、谜一样的小树丛已经枯萎……

我们的罗斯原是你灵感的源泉，是你所钟情的美的化身，为你所永远陶醉的福地……我们全都走了，被无情的手扔到异邦。

朋友，我快死了，跟我说说话儿吧，说你爱我，爱我这无家可归的幽灵。坐近我，伸过你的手来……"

咝咝几声，烛灭了。冰冷的手指抓住我的手掌。忧伤的、我所熟悉的朗朗笑声没多久止息了。

待我点亮灯，靠椅里已无人影……空空如也……房里仅留下一股白桦和湿苔的淡淡的馨香……

洛丽塔

[俄罗斯]金兹堡

利季娅·金兹堡（1902—1990），俄罗斯著名文艺学家，1926年毕业于彼得格勒艺术史研究所。著有关于19世纪俄国作家普希金、维亚泽姆斯基、别内迪克托夫等人的研究专著。最著名的是论述莱蒙托夫和赫尔岑生平与创作的著作：《莱蒙托夫的创作道路》（1940）和《赫尔岑的〈往事与随想〉》（1957）。还著有文学评论集《论抒情诗》（1964）、《论心理描写散文》（1971）、《论新与旧》（1982）等。其成果集中体现在她1979年出版的《关于文学主人公》和1987年问世的《现实探索中的文学》两部专著中。

纳博科夫被夸大其词了。他是个大作家，他杰出非凡。但他并非发现新人的天才，一如塞万提斯、莎士比亚、托尔斯泰、陀思妥耶夫斯基、普鲁斯特、契诃夫、甚至卡夫卡那样。纳博科夫（就我所知）写得最好的是《洛丽塔》。

不久前，《文学报》上举行过一次（有外国人士参加）关于纳博科夫的"圆桌会议"。一位《文学报》女编辑说，纳博科夫是个不怎么样的小说家，却是个很好的诗人，如同布宁。一位外国人声称，纳博科夫写《洛丽塔》，目的是靠淫秽作品挣钱。

《洛丽塔》是部劝谕性长篇小说；其结尾处的劝谕甚至达到执拗的程度。读者一刻也忘不了，主人公是在干那肮脏的勾当。但是，《洛丽塔》也是一部描写伟大爱情的书，这爱情是由那肮脏的勾当无从预见地产生的。末了，他终于爱上了她——一个可怜的残疾人那怀孕的、可怜的妻子。

伟大的爱情——不同于有节制的爱情——好似疾病，好似被打破的平衡。对它来说，任何意想不到的情况都是适用的；它以自己的方式来完善它们。

列娜·沃林娜就我最近的札记说：

"您写得愈来愈浓缩。"

有时，这随年岁而易。譬如，赫尔岑即如此。却掉多余的词句，将必要的浓缩。

那是老龄所促——当老龄暂且未使脑子受损的时候。

可是大容量的作品，我已经写不出……

我读到尼娜·巴甫洛夫娜·斯涅特科娃最近的笔记，其中提到"我写得相当浓缩"。她说，年轻读者喜欢写得浓缩，但对她已经不合适。过去我情感压抑，但外露而富有弹性。如今一切是纯理性的、无可指摘的；情感、热情其实是被克制住的。过去思想自然而然地展开，如今它被赶进警句格言之中。

我说："嗯，在这方面我曾直截了当地承认，我已经写不出大容量的作品……

尼·巴说：我不一定非需要容量。我需要的是空间……为使思想能在其中纵横捭阖。过去，你的思想可以驰骋自如。可现在，当一切用石头凿成的时候……

非常重要的一次交谈。我总是把自己的散文想象为分析与抒情的融合（"纯理性的印象主义。"一位《回家》的听众曾经说）。倘若去掉纯理性，得到的是唾液。倘若去掉情感，结果是貌似科学。但如何保持这两个矛盾因素的对立统一呢？

我创作的所有大的（相对而言）作品——包括《围困的人札记》——均为感觉之灾难性经验的分析型模式。其实，虚构的情节过程亦属此类模式。

而现在，看来一切都已成为回忆。爱情成为回忆。绝望亦然，所谓的无缘无故的忧郁亦然；忧郁的原因在于生存之不可解。甚至恐惧亦已成为回忆。因为死已不再是问题，弄清它与生的关系（但系邻近的必然性），我们便能解答。

被推开的时间的寒流未曾将我尚能做的一切冰封住吗……

永生的鲜花

[俄罗斯]别尔戈利茨

奥利加·费奥多罗夫娜·别尔戈利茨（1910—1975），俄罗斯著名女诗人。童年饱经战乱时代之苦，1930年毕业于彼得格勒大学语文系。她的文学创作从散文、特写、短篇小说开始，但给她带来声誉的却是诗歌。别尔戈利茨艺术探索上最重要、也最成功的作品，是1959年出版的抒情散文集《白天的星星》。这部融回忆与哲理思索的作品，作者自称是饱含着她"从心中流过的日常生活的最大真实的书"，被评论界赞誉为"世纪传记"式的抒情散文。

一刹那间我收住了脚步，眼前又是那幢木屋，那株高大茂盛、年轻时一直望着我的窗口、清晨渐渐染上一层蔚蓝的白桦，那扇歪歪斜斜的花园栅门。我家的木屋完好无损，却又变得那样矮小！比我们从乌格利奇来到这里时更加矮小，但它完好无损。确实，我家对面一幢相仿的木屋已经全部炸平，但这显然不是现在，甚至不是今天的事，因为火焰已经熄灭，废墟散发出一股冷灰的气味。然而炮弹还在频频爆炸，并且是在不远的地方爆炸。突然地面一阵震颤——那是附近不知什么地方掉了一枚炸弹，转眼之间，警报器便像巫婆似的尖厉而又疯狂地吼叫起来，接着又有一枚炸弹带着死亡的呼啸轰的一声炸响，而天上银光闪闪的云海里，也随着发出越来越响的隆隆声。我喘了口气,想起我得和弥留中的奶奶告别,便朝我家的木屋走去。

……在我从小记得的那个房间里,两扇窗户之间挂着的那面大镜子已经寿终正寝——镜子似乎蒙上了一层永不消散的迷雾,再也不能映照什么。房间里很亮——那是隐匿死神的隆隆作响的银白色云海投下的光亮,只有墙角上尼古拉的大幅圣像沉浸在一片昏暗中。我们从小就害怕这幅圣像,我入团以前便是从这幅圣像开始了我的"反宗教斗争"。现在主的仆人尼古拉面前点着一盏红色的长明灯,因此老人那张骄矜的棕脸在教堂式冠冕下,衬着黑色的背景,显得更加古板,更加死气沉沉;当年"反宗教斗争"中我恨之入骨的无花果长得极快,枝叶繁茂,简直像是一群张牙舞爪的怪物;房间里弥漫着早已忘却的忧郁的神香味。我在走进房间的一刹那间便发现和感到了这一切,旋即我又十分惊奇地发现这里笼罩着一种分外安详、近乎庄严的气氛,奶奶看上去是那样心安理得,那样令人难以置信的纯朴。瓦莉娅姑妈戴着中间印有红十字的护士帽站在她脚边——瓦莉娅姑妈在亚历山德罗夫医院,确切地说,无产者医院工作。现在这座医院重又改成了军医院,并且因为地处前线,被认为是一座前线医院。

她看到我便不慌不忙地走过来,温柔地吻了吻,然后平静地轻轻说道:

"她还清醒。看到你会高兴的。"

我不知为什么摘下头巾,走到奶奶床前。这时,一声强烈的爆炸震撼了我家的小屋。主的仆人恬淡的面孔前那盏红色长明灯开始左右摇晃。瓦莉娅姑妈踮起脚尖,把灯扶住。奶奶枕着枕头,像个农村妇女似的扎着白头巾。她的脸变得十分瘦小,布满皱纹,眼睛深深陷了下去,然而这对深陷的眼窝里的目光却是那样聪颖和开朗,闪烁着某种生命的独特光彩。最使我吃惊的是她胸口上那双交叉的手:这双手大得出奇,青筋暴突,手指上尽是疙瘩和茧子。这是一双辛劳一生的女人的手——在87年的生命历程中她干活干了整整80年,这是一双慈祥的母亲的手——她生养了14个孩子,把他们一个个拉扯成人,又抚育了许多孙子和重孙,她比子孙中的许多人长命,她参加了他们的葬礼,用这双大手为他们合上眼睛,又在他们墓穴里撒下了第一把土。我望着她那瘦小而又奄奄一息的脸,望着她那闪着生命光彩的眼睛,望着她那双大手,心里涌起了前所未有的不安,甚至恐惧。突然我想起有生以来我还从未给奶奶——瞧,长着这么一双生气勃勃的眼睛,这么一双大手的奶奶——做过一件好事，说过一句好话……这是怎么搞的？我怎么能这样？突然我又想起她带我去澡堂洗澡的情景，她把我抱进盛满凉水的澡盆，从我眼睛里吸出灼人的肥皂沫子，随后在澡堂门口给我买一只黑乎乎的怪甜的羊角面包，或者给我喝一杯酸溜溜的克瓦斯，可我呢？我为她，为瓦莉娅姑妈，为父亲做了什么呢？什么也没做。我顾不上他们，我没时间：第一个五年计划，突击工程，掌握理论，个人生活——建立自己新的家庭——咳，我顾不上他们，顾不上他们！我在建设新社会，奶奶和姑妈仍然过她们的"命名日"，过她们那种忙碌碌的小市民生活……

奶奶似乎处于半昏迷状态，两眼望着墙壁。我在她床边坐了下来。

"妈妈，"瓦莉娅姑妈唤了她一声，"莉莉来和你告别了。"

她的眼睛多了几分生气，那双大手开始动作。

"瓦尔卡，"她严厉地说："你怎么这种时候扔下医院跑这儿来了？"

"那儿有人替我。"瓦莉娅姑妈顺从地回答，接着又重复了一句："莉莉看你来了，你看见吗？"

奶奶朝我转过头来，一言不发，久久凝视着我，目光里流露出无限的温柔和爱怜。

"莉列奇卡……我的大孙女……你不信上帝……共青团员……不过，还是让我祝福你吧。你不生气？"

"不，奶奶。"我回答。

在她伸出满是疙瘩、几乎像生铁那样粗糙、但又相当灵巧的手替我慢慢划上十字时，猛烈的爆炸又一次震撼了我家陈旧的木屋。我把嘴唇紧紧贴在她那已经冰凉的手上。

"这不，"她说，声音轻得勉强可以听见，然而吐字清楚，"总算见到了一个孙女……穆西卡呢，穆西卡在哪儿？"

"她在莫斯科，奶奶……"

"莫斯科……也在扔炸弹？"

"也在扔炸弹，奶奶……"

"莫斯科在哪儿？在哪个方向？"

我没有完全听懂她的问题，胡乱指了指她身边的那堵墙壁。

"在这个方向，奶奶。"

她朝墙壁稍稍转过身去，重又抬起自己那只操劳过度的大手划了一个小小的十字——她已经没有力气把十字划得大些：

"主啊，救救你的奴仆玛丽娅和你的红色首都莫斯科吧……"

突然，一种从未有过的感觉，仿佛火红的朝霞一样在我心中慢慢升起。

"瞧，她是怎么死的：不慌不忙，泰然自若……又是告别，又是祝福……她就是这样投入战争的，她做了力所能及的一切……这是她一生中最后一次劳动。这不是死亡，这是最后的事业。遵照俄罗斯风俗慢慢死去，确切地说，慢慢离去，视死如归，心里明明白白。对她来说问题不在上帝，完全不在上帝。据说巴甫洛夫死的时候，一直注视着自己的身体状况，不断向坐在身边的助手口授自己的感觉。突然有人敲门，想来看他，但他回答：'巴甫洛夫很忙——巴甫洛夫正在死亡。'人类的天才和我愚昧的奶奶……为什么她是愚昧的？难道勤劳，爱，无限的爱，直到生命的最后一刻还想着亲人，想着祖国，不是精神最纯洁的高峰？是的，天才巴甫洛夫和我奶奶在弥留之际的心态一模一样——没有丝毫恐惧，始终想着生活，并且为了生活不遗余力地去完成最后的事业……这绝不是死亡，这是挑战……是向降临在我们头上，在我们周围疯狂肆虐的死神的挑战。这是战士的死亡。难道我们不也是这样死亡的吗？我们，所有遭受炮击、在隆隆作响的云层里作战的人们？是的！不顾死亡，仅仅想着生活。既然这样，那就是说……就是说，死亡并不存在，丝毫不用对它害怕。难道这是真的，死亡并不存在？"

我心潮起伏，万千思绪大致就是这样一浪推着一浪汹涌向前。我情不自禁地从奶奶越来越凉的掌心中抽出手来，看了看表。"我得去单位，然后再去区委，去电台……"她明白我的手势，就像大人朝做错了事情的孩子那样亲切而又略带宽厚地微微一笑。

"去吧，莉列奇卡，"她温柔地说："去吧，亲爱的，别等……我啦……"

"奶奶，请你原谅，"我回答，仿佛不是和她永别，仿佛明天我还会来看她，"我真的该走了，这你知道……"

"我全知道，我的孙女儿，我的孩子，去吧……去吧！"

半张纸

[瑞典]斯特林堡

奥古斯特·斯特林堡（1849—1912）是一位瑞典作家、剧作家和画家。他被认定是其中一个现代剧院之父。主要作品有《奥洛夫老师》（1872）、《父亲》（1887）、《借方与贷方》（1892）、三部曲《到大马士革去》（1898）、《古斯塔夫·瓦萨》（1899）、《厄里克十四》（1899）、《一出梦的戏剧》（1902）、《鬼魂奏鸣曲》（1900）等。斯特林堡是位具有独创性的戏剧家，对现代欧美戏剧有广泛的影响。他的主要剧本已有中译本，并被搬上中国戏剧的舞台。

最后一辆搬运车离去了；那位帽子上戴着黑纱的年轻房客还在空房子里徘徊，看看是否有什么东西遗漏了。没有，没有什么东西遗漏，没有什么了。他走到走廊上，决定再也不去回想他在这寓所中所遭遇的一切。但是在墙上，在电话机旁，有一张涂满字的小纸头。上面所记的字是由好多种笔迹写的；有些很容易辨认，是用黑黑的墨水写的，有些是用黑、红和蓝铅笔草草写成的。这里记录了短短两年间全部美丽的罗曼史。他决心要忘却的一切都记录在这张纸上——半张小纸上的一段人生事迹。

他取下这张小纸。这是一张淡黄色有光泽的便条纸。他将它铺平在起居室的壁炉架上，俯下身去，开始读起来。

首先是她的名字：艾丽丝——他所知道的名字中最美丽的一个，因为这是他爱人的名字。旁边是一个电话号码，1511——看起来像是教堂唱诗牌上圣诗的号码。

下面潦草地写着：银行，这里是他工作的所在，对他说来这神圣的工作意味着面包、住所和家庭，——也就是生活的基础。有条粗粗的黑线划去了那电话号码，因为银行倒闭了，他在短时期的焦虑之后又找到了另一个工作。

接着是出租马车行和鲜花店，那时他们已订婚了，而且他手头很宽裕。

家具行，室内装饰商——这些人布置了他们这寓所。搬运车行——他们搬进来了。歌剧院售票处，50，50——他们新婚，星期日夜晚常去看歌剧。在那里度过的时光是最愉快的，他们静静地坐着，心灵沉醉在舞台上神话境域的美及和谐里。

接着是一个男子的名字（已经被划掉了），一个曾经飞黄腾达的朋友，但是由于事业兴隆冲昏了头脑，以致又潦倒到无可救药的地步，不得不远走他乡。荣华富贵不过是过眼云烟罢了。

现在这对新夫妇的生活中出现了一个新东西。一个女子的铅笔笔迹写的"修女"。什么修女？哦，那个穿着灰色长袍、有着亲切和蔼的面貌的人，她总是那么温柔地到来，不经过起居室，而直接从走廊进入卧室。她的名字下面是L医生。

名单上第一次出现了一位亲戚——母亲。这是他的岳母。她一直小心地躲开，不来打扰这新婚的一对。但现在她受到他们的邀请，很快乐地来了，因为他们需要她。

以后是红蓝铅笔写的项目。佣工介绍所，女仆走了，必须再找一个。药房——哼，情况开始不妙了。牛奶厂——订牛奶了，消毒牛奶。杂货铺，肉铺等等，家务事都得用电话办理了。是这家的女主人不在了吗？不，她生产了。

下面的项目他已无法辨认，因为他眼前一切都模糊了，就像溺死的人透过海水看到的那样。这里用清楚的黑体字记载着：承办人。

在后面的括号里写着"埋葬事"。这已足以说明一切！——一个大的和一个小的棺材。

埋葬了，再也没有什么了。一切都归于泥土，这是一切肉体的归宿。

他拿起这淡黄色的小纸，吻了吻，仔细地将它折好，放进胸前的衣袋里。

在这两分钟里他重又度过了他一生中的两年。

但是他走出去时并不是垂头丧气的。相反的，他高高地抬起了头，像是个骄傲的快乐的人。因为他知道他已经尝到一些生活所能赐予人的最大的幸福。有很多人，可惜，连这一点也没有得到过。

意大利缺钱

[波兰]密茨凯维奇

亚当·密茨凯维奇（1798—1855），波兰民族的伟大诗人。出生于小贵族家庭，毕业于维尔诺大学人文系的师资班，后在科甫诺学校任教多年，1824年被流放俄国内地，1829年逃离俄国，1832年来到巴黎。1848年曾组织波兰志愿兵团，参加意大利的民族解放斗争，1849年主编国际性的法文报《人民论坛报》，1855年到土耳其协调波兰军队的合作而不幸染上瘟疫，病逝于君士坦丁堡。其主要作品有长诗《格拉席娜》《康拉德·华伦洛德》《塔杜施先生》和诗剧《老人祭》等。

我们意大利各地听到了不断的抱怨声。抱怨缺少经费来支撑独立的神圣事业。对于意大利半岛的人民来说，在这关键时刻出现这样令人心碎的事情，不能不引起所有的自由的朋友的关心和焦虑。

"意大利缺钱！"这句话既为真正的爱国者所不理解，也为欧洲的财界人士所不明白。祖国在危险中——爱国者们在高喊——国家成了野蛮凶残和掠夺成性的侵略者的囊中物。而他们依然在优柔寡断、犹豫不决，没有派去军队，没有发给他们武器和军服。他们想进行战争——那些思前虑后的人又说道——他们抱怨没有钱。但是我们清楚地知道，意大利是欧洲最富的国家之一，而且根据不容置疑的统计材料来看，米兰和热那亚这两个城市所拥有的硬币和金银财宝就要比巴黎多得多，如果不把巴黎的银行和财政部计算在内，因为那些东西是全国所有，而非首都的财富。

至于罗马共和国，她是怎样去对待那些隐藏在教堂里的财宝呢？这些财宝成了教会的财产，成了上层神职人员的所有物。为什么拉德茨基会有办法，能从米兰人那里得到巨大的赔偿金，而且在24小时之内就从裴拉拉那里榨取了50万，他靠强取豪夺以维持自己的匪军，然而人民的政党却在大声叫穷，说没有钱去武装自己的军队，去供给他们的军服。

因此，钱并不缺少，缺少的是那些有钱人的奉献精神，缺少的是豪绅富翁的善心和革命家的坚决果断精神。

事实上，我们不是也看到了米兰的一位公爵，拒绝献出自己的一匹良马给人民的事业。然而后来，拉德茨基占领了米兰，霸占了宫殿。当他失去这一切时，他只好携带百万巨款去求助于瑞士人。我们不是也常常看到，意大利的那些巨富们，宁可在国外挥霍大量的金钱，却不愿把其中的一半钱财献给独立的事业，以加速其胜利的到来。

至于意大利的革命者，我们不是也看见，莫顿的懒散的人民和帕尔玛的居民，每天都经过已逃亡在外的公爵的府邸，府邸里有的是银子和财宝，可他们却在四处奔走，寻找财源。

革命者今天所放弃的手段，明天反动派就会用它来镇压自由。因此，我们建议罗马和托斯卡纳的共和派们，必须采取正确的步骤。他们要记住，在一定条件下，优柔寡断，特别是冷漠态度，应该被认为是反对祖国的最大罪行。他们必须记住，在革命中应该成为革命者，如果谁不是，谁就要垮掉。

为什么意大利人害怕公开走上革命的道路呢？他们是否害怕人们称之为欧洲的谴责，也就是Journal des Debats的声明、《快报》的冷嘲热讽和《立宪派》的空洞咒骂吗？然而意大利渴望自由的本身就足以表明，他们不应该害怕反动派往他们脸上吐唾沫。

意大利的共和派们千万要记住，即使他们的行动非常温文尔雅，欧洲的反动派依然会一成不变地把他们视为穷鬼和盗匪。

尽管拉德茨基掠夺成性，残杀无辜，以君主立宪原则的名义把别国弄得尸骨遍地、满目疮痍，但在欧洲列强政府的眼里，他仍然是秩序和法律的理想的最杰出代表。

对意大利革命者来说，唯一最有力的辩护就是共和国的胜利，就是把奥地利人从祖国的土地上驱逐出去。

乌云和彩虹

[捷克]聂鲁达

杨·聂鲁达(1834—1891),捷克诗人、小说家、小品文作家、社会活动家,19世纪下半叶捷克先进知识分子的代表。长期从事新闻工作,曾在当时很有影响的进步报纸《民族报》工作30年,负责文学和戏剧评论,后来成为著名的时事评论专栏作家。他是捷克现代诗歌的奠基人,他创作的《基地之花》《诗卷》《宇宙之歌》等6部诗集,对捷克诗歌发展有着深远的意义。

有这样的时候,人们使我感到痛苦。这时我就躲进山中某个僻静的所在,倾听树林的叹息,同喋喋不休的溪水低声细语,头靠在露湿的青草上清凉一下。于是我的心里便感到了幸福。不久前,仅仅几天之前,我就是这样感到了幸福,在温柔的大自然的怀抱,正是在这么一条爱饶舌的小溪旁。小溪从碧绿的羊齿草的阴影下欢笑着蹦进世界,快乐地奔跑着,去追逐小石子和毋忘我花,湿润的眼睛里闪烁着几千颗银色的星星。我怎么也不曾料到,当我的心渐趋平静的时候,一场真正的暴风雨却正在突然发生,当我开始感到幸福的时候,几十万同胞却正在陷入无尽的不幸。那几天,我对捷克遇到的新灾难一无所知,这是否叫作善意的巧合,我不敢说。可是,我承认,当我知道了消息,开始读报时,有很长时间我读不下去,无法读下去。现在,我亲自来到这些经历浩劫、留下残骸的地区看了一下。是的,上帝的预言证实了:"我将把7倍的灾难降到你的头上!"

我们经受的痛苦早已比其他任何民族、任何地域大了7倍!我们的灾难是个巨大的怪物,它瘦骨嶙峋的手紧按在我们的胸口上,使我们无法休息,无法入睡。刺骨的寒冷逼得我们屏住了呼吸。我们勤勤恳恳,可是多年的劳动顷刻之间尽付东流。我们无比艰辛地为自己筑了个巢,然而当我们要躲进这安全的蔽身之所时……你们也曾见过小鸟同暴风雨的搏斗吧?它焦急万状,拼命要飞回巢去,但暴风雨一次又一次攫住它,将它抛向后面。小鸟哀鸣着,再度同狂风拼搏,再度被抛向后面。捷克的灾难嗜好眼泪,火热的捷克眼泪,使捷克人的眼睛由此而失明!灾难浸透了整个捷克土地,蒸发出黄色的烟雾,它腾腾升起,染污了天空,直至再次凝聚成乌云,落下新的灾难。那天晚上的情景一定是非常恐怖的:捷克上空,可怕的天裂开了,狂怒的暴雨哗哗倾泻,掩盖了人们叹息和哭泣的声音。灾难在我们的头上飞翔,手里拿着红色闪电的旗帜。火蛇鞭挞大地,死神用震耳欲聋的巨雷宣告,它正在猎取人的生命!它找到了人,将他们杀死在平原上,它从隐蔽的高处捶打下来,将他们扼死在床上,用他们的舒适小屋制成一口口的棺材。这些棺材至今仍耸立在那里,遍地皆是,散发着墓地的气息,棺材脚陷在冒着水汽、又滑又黏的泥浆里。

我们的灾难大7倍。"火、雹、雪、冰和狂风执行着上帝的命令,"古代圣诗这样悲叹。可是在捷克的圣诗里,却可读到其他种种可怕的灾难!那曾经是我们的福祉、"给我们降下奶和肉"的力量,如今却奉命制造新的瘟疫。那条曾经给我们带来幸福并给这一地区平添秀色的小河,却突然打碎了它自己围上的堤岸的锁链,闯出来冲走了幼苗,用它一度灌溉良田的手指推倒了磨坊和昔日自己带动的机器,卷走了桥梁和它曾经安详环抱的桥墩,从这许多人的眼睛里永远赶走了睡眠,而在过去它却使他们那样的神清气爽。夜雨,平时多么喜人!它在安睡者的窗户上敲打着亲切的催眠曲,干渴的土地尽情将它痛饮,待到东方破晓,大自然闪烁着快乐的眼泪,阳光将泪水一一吻干,大地在微笑,树林一片欢腾。而今,经过了星期六至星期天的那个夜晚,唯有伤心的哭泣,唯有无声的绝望!

洪水已退,可是捷克人民的眼睛里,依然泪水未干——永恒的捷克眼泪啊！据说患病一日不愈、一年不愈是谓不幸，可是这次的灾难我们二十年也难以复原！

　　不过，我承认，到处开展的捐赠活动在我看来毕竟像彩虹一样美丽。这边还阴云密布，那边已是阳光明媚。诗人说，彩虹是由一颗颗爱的宝石构成的。那么捐赠该是最最美丽的彩虹了。要说在捷克之外的某些地方，捐赠并非纯粹出于仁慈，这话也有道理。可是，让我们想一想那句古老的至理名言吧："每一件善行都是救世主，而每一位救世主都有自己的荆棘冠冕。"在这种情况下，接受就没有什么可耻，施与时的惭愧心情也并非虚假。至于我们国内，我们的捐赠活动还应更加有效地铺开。要知道，我们自己是唯一了解和感受全部灾情的人。我们共同承受着灾害，而不幸人最能理解不幸人——我们都是祖国的儿女。先知是怎么说的呢？"若要上天报答你的儿女，那就报答自己父母的恩人吧！"

　　我们必须援助，这是自己援助自己，但必须赶快，以使创伤早日愈合。我想，捷克的灾难永远不会满足，它不久会前来叩我们的大门了。

在家里的处世之道

[捷克]哈谢克

在家里，人人都应当举止适宜，以免损人不利己。凡是稍微正派一点的人都绝不会在夜里砸坏自己的家具，突然打破邻人的清梦。他要干这种好事总是在白天，同时还大放其留声机，使旁人根本不知道他在搞啥名堂。如果家具是租来的，他便事先在保险公司里保个险。总之，他的一举一动都非常精当。

如果他要摔些瓶瓶罐罐的话，他便往地毯上摔，以免发出声响惊动楼下住户。自然，如果他正好住在地下室上面，他完全可以将瓶瓶罐罐直接往地上猛摔啦，只不过得预先摸清有没有人在地下室里取煤。

他对待客人非常客气，即使在万一和客人起了冲突而将对方轰出门去的时候，他也总是尽量不使门受到损坏。这时主人只可以用英语或法语来骂客人。如果这两种外语主人都不会的话，他就应当摆出脸色逐客。真正老牌的正人君子绝不会将被逐客人的衣领或背心撕破。他只消用右手抓住那人的左手往后一扳，再用左手一把抓住那人的裤子后面，将他轻轻提起，威威严严地命令那人用未被抓住的右手打开房门，将他轰出门外。如果事情闹得不可开交、非动武不可时，主人也不应当在客人面前脱掉上衣，更不应当使客人在和自己打架时丢掉手表或钱包。

人人都应当将家里弄得整整齐齐，尽量别往地上或顶棚上吐痰。我们的房屋对我们说来应当是神圣不可侵犯的。

论奴性

[黎巴嫩]纪伯伦

哈里利·纪伯伦（1883—1931）。黎巴嫩诗人，代表作：《泪与笑》《沙与沫》《先知》。纪伯伦出生于黎巴嫩（当时属奥斯曼帝国统治）的一个天主教家庭。幼年未受正规学校教育。后随家庭移居美国。在美国上学时显露出艺术天赋。1908年赴巴黎师从罗丹学习艺术。后兴趣转向文学，初期用阿拉伯语，后用英语进行写作。他被称为"艺术天才""黎巴嫩文坛骄子"，是阿拉伯现代小说、艺术和散文的主要奠基人，20世纪阿拉伯新文学道路的开拓者之一。

　　人是生活的奴隶。奴性用凌辱遮挡住人们的永昼，用血泪淹没了人们的长夜。

　　我走进宫殿、学校和庙堂，停立在宝座、讲台和祭坛的面前。在任何处所我都看到：工人是商人的奴隶，商人是军人的奴隶，军人是统治者的奴隶，统治者是神甫的奴隶，神甫是偶像的奴隶，而偶像则是恶魔所幻化，是髑髅山上的幽灵。

　　我走进权贵们的府邸，又走进贫贱者的茅舍。我到过装饰着象牙与黄金的华屋，也到过群集着绝望的幽灵与死神的斗室。我看见婴儿从小就养成了奴性，孩子们一边识字，一边学着服从，小姑娘穿着以温顺、柔和当作衬里的衣裙，妇人们躺在屈辱与听命的卧榻上。

我们一辈又一辈的人们在一起，从刚果河走到幼发拉底河畔，到尼罗河口，到西奈群山，到雅典的广场、罗马的教堂，到君士坦丁狭窄的小街，到伦敦一幢幢高大的楼房。我看见，奴性总是和荣誉、尊严并驾齐驱。我看见年轻的男女们在祭坛上作为牺牲，奴性被尊崇为神；斟上美酒与香露，称颂奴性为统治者；人们在奴性的圣像前焚香，把他当作先知；在他面前下跪，奉他为金科玉律。在奴性驱使下，人们自相残杀，却把这行为称为爱国；人们在奴性的面前俯首，说奴性是神落在大地上的影子；人们遵从奴性的愿望焚房屋，毁村庄，却说这是平等和友爱；人们竭罄全部的精力和时间，奉献给奴性，说这是财富和经营……

奴性名目繁多，本质只有一个，它有许多形式，内容却始终如一。奴性——这是自古就有的一种征兆多端的病症；孩子们从父辈那里把它和生命一起承受下来；岁月把它播种在时代的土壤里，然后收获，就像在一年中的一个季节里收获另一季节的果实。

这就是我遇到过的奇形怪状的奴性。

当我由于追随一辈又一辈的人而疲倦了，当我由于看着人们的奔波而厌烦了，我就独自一人坐在幽灵所居的豁谷里，太古的幽灵在这里藏匿，未来的幽灵在这里期待着自己的投生的时刻。在这里看见一个苍白的幽灵，他凝望着太阳，独自彷徨。我问他："你是谁？叫什么名字？"他回答："我的名字叫——自由。"我说："你的孩子们都在哪里？"他回答我："一个牺牲在十字架上。一个得疯病死了。第三个还没有降生。"

幽灵消失在雾霭中。

浪之歌

[黎巴嫩]纪伯伦

我和海岸原是一对情侣；激情使我们亲密，大气又使我们分离。当天空露出蔚蓝色的晨曦，我就来到这里，把自己银白色的浪花和他那金黄色的砂粒搅在一起，我用自己的水分驱散他心头的暑气。

黎明时分，我在恋人耳畔悄悄地许下了誓愿，于是我们紧紧地拥抱。傍晚，我唱着祝祷爱情的诗篇，他于是吻着我的嘴唇。

我很任性，心情总是不能平静；可是我的恋人却永远容忍，而且又是哪有那样坚定。

涨潮的时候，我拥抱着他；潮退了，我就扑倒在他脚下。

每当海洋的女儿从龙宫来到海面，坐在山崖上欣赏那点点繁星的时候，我围绕着她们跳过多少次舞。我听过多少恋人爱情的倾诉，我陪他们一起，思念美人，伴随他们同声叹息。我对山崖讲了多少话语，可它们原都是哑巴，我对它们微笑，献媚，它们却置之不理。我从深渊救出无数生命，使它们得以复生。我从海底盗出无数珍宝，将它们献给了美神。

寂静的夜晚，当睡神拥抱了大地万物，唯独我难以入眠——我有时唱歌，有时叹息。多么伤心！失眠折磨我，可是我在恋爱啊！而爱情的脾气是不喜欢睡眠的。

这就是我的生活，只要我一息尚存，我就是这样消磨岁月。

罪　犯

[黎巴嫩]纪伯伦

有一个青年坐在大道上行乞。他本来身强力壮，但是疾病使他变得肌瘦体弱了。他坐在马路的拐弯处，伸手向过往的行人乞讨，向那些善心人求助，口中喋喋不休地诉说着他的不幸遭遇和饥饿的痛苦。

黑夜笼罩了大地，他已口干舌燥。然而，两手像他肚子一样空空如也。这时，他起身朝城外走去，然后坐在一棵树下痛哭起来。在饥饿的煎迫下，他两眼噙着泪水，仰望苍天说道："主啊！为了找事干，我到过财主那里。由于我的衣衫褴褛，被他们赶了出来。我敲过学校的大门，因为两手空空，而遭拒绝。我渴望被人雇使，只求糊口度日。但我的运气不佳，一切都落了空。最后我只得去乞讨。然而我的主啊！你的崇拜者们看见我说，此人健壮有力，好逸恶劳，不应该得到施舍。主啊！我的母亲按照你的旨意生下了我，我现在存在于你的世界之中，为什么我以你的名义向人们乞讨时，他们竟拒绝给我一口面包呢？"

此时此刻，这个绝望的人表情变了，他突然站起身来，两只眼睛里闪过流星滑过一般的亮光。然后，他突然折断了一根干枯了的大树枝，用树枝指着城里，大声喊道："我想靠劳动谋生，但我未能如愿。现在，我将用我的臂力去获取。我以友爱的名义去讨饭，但没人理睬。好吧！我只好以罪恶的名义来求得，而且将求得更多！"

几天过后，这个青年为了获得几串项链，砍了几个人头。一旦他的欲望受到抵抗，他就将对手碎尸万段。就这样，他财运亨通，暴发致富。他的凶恶残暴，尽人皆知。他成了人间盗贼崇拜的偶像，智者的凶神。于是，国王按照惯例选中这个青年作为他在这个城市的钦差大臣。

人类就是这样的标新立异。由于它的悭吝而使一个可怜的穷苦人变成了刽子手；由于它的残忍而使一个心地善良的人变成了杀人犯。

我最喜爱的书籍

[匈牙利]米克沙特

米克沙特·卡尔曼（1847—1910），匈牙利著名小说家。米克沙特是位多产作家，著有长篇小说《在匈牙利的两次选举》（1893—1898）、《围攻别斯捷尔采城》（1895）、《圣彼得的伞》（1895）、《新兹里尼阿斯》（1898）等，多方面展示当时匈牙利广阔的社会生活画面，揭露与批判封建社会的落后与陋习。另外，他还创作了诸如《新故的羊羔》（1881）、《笼中鸽》（1892）、《聋铁匠柏拉柯夫斯基》（1904）等优秀中、短篇小说。他早期创作带有浪漫主义色彩，后期转向现实主义。米克沙特的作品对后来的作家产生过重大影响。

我是在乡村的一个没有任何藏书的家庭里长大的（除了日历以外）。一直到了十六岁，我才意识到，读书在所有的场合下并不都是一种强迫性的工作（在这以前，我就是这样认识的），而且也可以说是一种享受。寓言、轶事，我都同样喜爱。那时候，我是一个多病而又受到父母溺爱的孩子，还遭受到失眠症的折磨。我父亲邀请了村里所有最善于讲故事的人到我的床边，他们整个晚上都在进行着这样的尝试：在我还没有入睡之前，他们就对我叙述着各种各样的神奇的故事。

第一部书就以一种令人无法抗拒的力量把我吸引住了，它是约卡伊的《在匈牙利的土耳其世界》。我生吞活剥地一口气从头到尾把它读了一遍。从那以后，我就变成了书本的俘虏。

从那个时候开始，我毫不挑选地读书。在我手边，好的，坏的书籍全有。现在，它还是我的习惯。我敢讲，我没有特别感兴趣的作家，就像一个酷爱旅行的人没有自己特别感兴趣的地方那样；因为他总是不断地对另一个地方发生兴趣和去寻求另一个地方的。开始时，对我影响最大的作家是约卡伊。但在我认识了狄更斯以后，我就被他的热情所征服了。而当我突然发现了马考莱，我就开始觉得狄更斯有些过于夸大了，他的作品，从许多方面来看，都有着多余的冗言赘语——自然，在他的高贵的品性面前，还是不得不令人拜倒的。

的确，他是世界上最伟大的小说家；在这一点上，连陀思妥耶夫斯基也是改变不了的。

什么样的书籍给我的影响最大？——您提出了这样的问题。

不同时期有不同的作品。——这是我的回答。狄更斯的作品，我读了四遍五遍，在读第四遍的时候，我才深受影响。对于那些在一部书影响之下成为作家的人，我是不十分尊敬的。一个人一辈子只喜爱一个女人，就是说，他不认识别的女人。让独一无二的作品驾驭我们，这是软弱的象征。一部作品并不意味着一个作家，不管它是多么伟大的作品。一部作品只意味着一个作家的一定时期。我认为，一个作家的正常的生产情况和自然界是适应的。春天，自然界给人们带来了樱桃和野草莓，夏天带来的是李子，秋天带来的是葡萄。整个一生只生产樱桃的作家，那是违反常规的。

哎！根据这一论点，现在也可以解释我的关于作品影响的见解了。春天的阳光对樱桃树是有影响的。它对春芽起催发的作用，但葡萄藤却仍然静止不动。或者说，在我十六岁的时候，约卡伊的《在匈牙利的土耳其世界》对我起了很大的影响，而狄更斯的影响还是较小的。然而，假如我现在阅读《在匈牙利的土耳其世界》，那它一定不会对我产生那样巨大的魅力。

这里说的并不是我的回忆，这一点，特别请您原谅！真正的事实是（我想，这是您对我所希望的）：《在匈牙利的土耳其世界》首先对我产生了巨大的影响；稍后一些时候，我就被狄更斯的《大卫·科波菲尔》所吓退了。这部作品是那样地使人敬仰，以至读过它以后，足足有三年的时间，我没有触动过我的工具——笔。这是因为在互相比较之下，使我失去写作的兴趣了。现在，说到我的风格的简洁，这得感谢马考莱的短小精悍的文章，它们是我一生中都感兴趣的读物；一般说来，马考莱和卡莱尔是我在艺术技巧方面的老师。我写小说，并不是从小说家那里学来的，而是从这两位历史著作家和匈牙利农民那儿学来的。

还有唯一的一部使我感到激动的小说；它就是陀思妥耶夫斯基的拉斯科尔尼科夫。但我读到这部小说时已经是相当晚了；那时候，我已经是一棵老树，再不会长出别的样子来了。

然而，事实是这样的：假如考虑我的一生的创作，我感觉到，如果我的读物的次序翻转过来的话；也就是说，我如果先尝香槟酒和威士忌，然后才喝匈牙利的饮料或者约卡伊，那可能我就会成为完全另外一个样子的作家了。但是，现在这个样子倒也不错。

艺术的需要

[罗马尼亚]斯特内斯库

> 尼基塔·斯特内斯库（1933—1983），1957年毕业于布加勒斯特大学语言文学系，担任过罗马尼亚《文学报》《自由罗马尼亚》《青年火花报》的编辑和记者以及罗马尼亚作协主办的《金星报》副主编。1960年出版了第一部诗集《爱的意义》。1964年发表了另一部诗集《感情的幻觉》，获该年度罗马尼亚作家协会大奖。斯特内斯库被认为是罗马尼亚当代最杰出的诗人之一，在他25年的创作生涯中写下了十六部诗集和两部散文集，曾多次获得罗马尼亚作协和罗马尼亚科学院奖。1976年，他得到了奥地利赫德尔诗歌奖。1982年，又荣获南斯拉夫金环奖。

一

我完全赞同阿拉贡最近接受《快报》记者采访时发表的见解：我们这个时代只有借助长篇小说才能表现出来。使我震动的倒不是他的论断里所流露出的对某种文学体裁的执着，而是他公开承认艺术的作用并视艺术为不可缺少之需要的勇气。

与人类其他许多精神活动直接的和完全的功利主义相比，艺术以它固有的最普遍的方式来体现它的功利主义。艺术不仅仅是为了余暇时间而创作的，表现自由是它鲜明的特性。但这从来不是指个人在其与社会的关系中的自由，而是指人类在其与自身生存的关系中的自由。事实上，优秀的艺术不是自为的个人的表现，而是处在与集体关系中的个人的表现。历史是从人类意识萌生以来整个生存的记载，艺术却从希望的观点展示尚未发生的未来的历史。

从这个意义上来说，美的观念是一个深刻的道德观念。同样，我们也可以认为美学的领域是伦理领域的升华。

把美的观念视为无实用性的观念，这是再错误不过的。没有无实用性的美，——首先是因为美和美的观念本身即是一种交流活动。艺术交流的深刻的民主性无疑来源于艺术的"实用性"。从本质上来说，科学不仅要求专业知识和特殊的术语，而且它的效用几乎是直接的——创造具体的物质财富，艺术却创造精神产品，从自身排除了单纯的权宜性，能够在一种语言的动词所承认的一切时间里发挥交流作用。

二

对于我来说，诗是艺术的引力场，而且恕我斗胆地说，诗尽管有成千上万种形式，但归根结底是一般认识——不仅限于艺术——的引力场。没有诗，我们就不能生活。各国人民的民族文化证明了这个带有必然性的事实，因为民族文化归根结底体现了各国人民的特殊性以及全球的精神交流。几千年前尼罗河上一只划桨的船可以给予我们关于当时航海科学的观念，但一座金字塔向我们说明的不仅是一个民族的价值，而且是整个人类的心灵的价值以及超出时间和空间的永恒的精神交流的价值。

但是，诗的需要不仅是超出时间和空间的，而且也是直接的。人与其他任何事物不相同的特殊差异以及人与人之间的特殊差异，亦即写出来的或者没有写出来的诗，是人的任何活动的组成部分，成为而且应该成为一切人的财富，社会和民族的财富。

随着诗作为一种现象深入每个人的心灵，上述情况就越发清楚。社会给予群众的余暇时间越多，蕴藏在每个人心中的诗就越是渴望得到表现。

三

诗不仅仅是艺术；它是生活本身，是生活的灵魂本身。诗首先借助艺术来表达，但又不仅只借助艺术。将诗仅仅理解成艺术，这贬低了诗的概念。它不是有人所说的生存的方式，而是生存的基本组成因素。

我曾对友人说过，真正的诗人不是作家。写作的艺术和作家的概念包括小说家、戏剧家和评论家。真正的诗人不是作家，却又是作家。

如果说小说家可以虚构，画家可以有幻觉，那么诗人只有当他也是小说家时才虚构，只有当他也是画家时才有幻觉。真正的诗人不虚构；他表现人们心灵中的诗，从人们心灵中发现诗，与人们心灵中的诗同命运、共呼吸。只有这样，诗人才受到人们的信赖，才具有影响。

四

我们不能虚构感情。我们只能发现和表达感情——爱与憎，并使这样的感情贴近自己的心或者加以摈弃。

对诗的创作活动，应该进行十分细致的解释和理解。它主要是建立在诗的创作者命运的基础上的，但也与诗本身的社会命运相关。可以说，诗人实际上是他的人民、他的国家的财产，而不属于他自己。美之所以成为美，并非因为大自然的美能通过自身表现出来，而是因为诗——存在于人的心灵里并由诗人表达出来的诗。

五

说得轻松一点，可以认为，诗——包括诗人和其他一切——是精神食粮，如果精神有牙齿和肠胃的话。说得严肃一点，可以断言，没有诗，人就形同乌有。

樱 桃

[阿尔巴尼亚] 米吉安尼

米吉安尼原名米洛什·吉尔治·尼古拉（1911—1938），阿尔巴尼亚诗人、作家。生于斯库台。曾在南斯拉夫的神学院学习过，1932年回到祖国，在农村执教，并加入共产党。1938年死于肺病。米吉安尼的创作生涯是短促的，但在1934—1938年的四年当中，他发表的作品有诗集《自由诗》，由"复兴之歌""贫困之歌""西方之歌""青年之歌"四部分组成，散文和短篇小说百余篇。他的作品反映了阿尔巴尼亚农村的贫穷落后和劳动人民对幸福生活的渴望。在阿尔巴尼亚文学史上占有重要地位。

樱桃成熟了，通红通红的，像年轻的山区女人的血液。而在山区女人的心房下面，爱情的果实也成熟了。山区女人坐在自己茅屋的门槛上，在她苍白的面孔上有着鲜红的嘴唇，就像枝上的樱桃一样。

樱桃长得多好啊！累累的果实把树枝都坠得垂下来了，随时都有断折的危险。山区女人心房下的重荷使她感到很难受，她无力站起来去折樱桃枝……

樱桃树和山区女人都因自己的果实变得沉重了，大自然对她们满意地微笑。

但是谁看见了大自然的微笑呢？山区女人想尝尝鲜红的果实以解除饥

饿，因为她早就没有玉米了。剩下的一点玉米是做种子用的。明天就要把它们撒到地里，等待新的收成。

　　唉，能吃点樱桃也好！这个有如生气蓬勃的春天的山区女人，这个有着像天空一样蔚蓝色的眼睛，有着像樱桃一样鲜红的嘴唇的山区女人，在忍受着痛苦……她在忍受着饥饿的痛苦。她的眼光是困倦而忧郁的。整个世界都使她感到憎厌，但她并不憎厌生活。在没有粮食吃的贫困中，生活在她看来仍然是可爱的。生活本身带来了欢乐，欢乐和微笑。还有一种欢乐，即夜晚的欢乐，征服了这个山区女人。夜间来到了，丈夫在床铺上抚爱她，她忘记了白天的痛苦，醉人的欢乐解除了饥饿。夜晚的欢乐在她身上产生了果实，变成了沉重的、但是幸福的重荷，重荷紧连着她的心。她看着樱桃，但是没法把它摘下来，樱桃挂得太高了。去年她是自己摘樱桃的，她毫不费力地爬到树上，而当看见丈夫的时候，就跳到地上，因为她衣服穿得不整齐。

　　山区女人在沉思，由于弄不到樱桃而发愁。但当她想到弄不到樱桃是由于身怀重荷，而身怀重荷的原因又是由于夜晚的欢乐，她的烦恼就消失了，代之以愉快的感觉。唉，夜晚，夜晚！可爱的黑暗的夜晚。年轻的山区女人这样想着，她的思想是单纯的，就像她青年时代的愿望一样单纯而自然。

　　面色忧闷的老婆婆站在茅屋的门槛上，眯缝着眼睛，春天的光亮使她睁不开眼。年轻的女人想说摘樱桃的事，但是她感到害羞。她站起来，慢慢地，有如风平浪静的天气里的小帆船，向樱桃树走去，拿着一根长杆子，想把樱桃树枝打断。但是她未能成功。她浑身出冷汗，抛掉杆子，坐在樱桃树下的地上了。站在门槛上的婆婆没有看到她的这番努力，她解开脏得像冬天的天空似的衬衣的纽扣，在那儿数钱，也许，在做别的什么事情。钱！……哪里来的钱呢？因此，一定是在做别的什么事情。媳妇眼看着，心想将来她也会变得像这位老太婆或列支·麦塔的。列支·麦塔过去就像一棵茁壮的橡树，而现在老了。他经常来，用淫荡的眼光看着她，说些猥亵的话。而丈夫、婆婆却在一旁笑。难道在他晚年的时候这些话对他能有所慰藉吗？

　　山区女人叹口长气，腹内一阵剧烈的疼痛。"如果是个女孩还不错……上帝保佑！……而如果是个男孩呢，也没有什么……等他长大了，挣一袋钱，替自己买个老婆。"

"妈妈！"

"干什么，孩子？"

"我丈夫快回来了吗？"

"他到哪儿去了？"

媳妇的眼光没离开樱桃树，饥饿在折磨着她。由于饿，她最后的一点气力也失去了。

"妈妈？你能不能替我折点樱桃，非常想吃东西。"

"我不能够，孩子，等你丈夫回来吧。"

媳妇感到自己的心在收缩。她发出了呻吟声。身体内有什么东西在颤动。憎恨，无对象的、无情的憎恨涌上心头，扼住了她的喉咙，紧压住她的心，总也不肯松开……只有当她苍白的面孔上泪如雨下的时候，憎恨心才缓和下来。

一个饥饿的、不幸的、怀孕的妇女，她能不能把孩子生下来？她的孩子能不能成为大自然的爱子？

在贫穷中受孕和生下来的孩子是注定要过穷日子的。他获得的遗产是苦难和贫穷，随着苦难和贫穷而产生的便是憎恨心。

他带着憎恨心出生。憎恨可以使他成为强盗或盗贼。而强盗就是强盗！他的命运就是抢劫和燃烧建筑在国家法律基础上的房屋。而为此他将要遭到怎样的惩罚呢？

"要我的命吧！你再也不会从我身上逼出什么东西来的！"被关在燃烧着的火圈内的强盗喊道。

山区女人坐在地上呻吟。老婆婆慢慢地向她走去。在母亲的痛苦的号泣声里很快就加入了婴儿的哭泣声。他向世界宣称他的出现，在宇宙的这个不受注意的角落里他向人类宣告自己的到来。人们向年轻的母亲祝贺说："他会讨一碗饱饭！"先生们，你们喜欢不喜欢这个祝贺？如果你们新生下孩子时碰到这样的祝贺，你们该怎样呢？

春天的大自然在欢笑，因为鲜红的樱桃成熟了，穷人的孩子出生了。

五四断想

[中国]闻一多

闻一多（1899—1946），原名亦多，字友三，亦字友山，湖北蕲水人。著名学者，新月派代表诗人，中国现代伟大的爱国民主战士。其诗沉郁奇丽，具有强烈而深沉的民族意识和民族气质。在中国古代文学研究方面亦成就非凡，郭沫若叹为"前无古人，后无来者"。

  旧的悠悠死去，新的悠悠生出，不慌不忙，一个跟一个，——这是演化。

  新的已经来到，旧的还不肯去，新的急了，把旧的挤掉，——这是革命。

  挤是发展受到阻碍时必然的现象，而新的必然是发展的，能发展的必然是新的，所以青年永远是革命的，革命永远是青年的。

  新的日日壮健着（量的增长），旧的日日衰老着（量的减耗），壮健的挤着衰老的，没有挤不掉的。所以革命永远是成功的。

  革命成功了，新的变成旧的，又一批新的上来了。旧的停下来拦住去路，说："我是赶过路程来的，我的血汗不能白流，我该下来舒舒服服。"新的说："你的舒服就是我的痛苦，你耽误了我的路程"，又把挤掉，……如此，武戏接二连三的演下去，于是革命似乎永远"尚未成功"。

让曾经新过来的旧的，不要只珍惜自己的过去，多多体念别人的将来，自己腰酸腿痛，拖不动了，就赶紧让。"功成身退"，不正是光荣吗？"后生可畏，焉知来者之不如今也！"这也是古训啊！

其实青年并非永远是革命的，"青年永远是革命"这定理，只在"老年永远是不肯让路的"这前提下才能成立。

革命也不能永远"尚未成功"。几时旧的知趣了，到时就功成身退，不致阻碍了新的发展，革命便成功了。

旧的悠悠退去，新的悠悠上来，一个跟一个，不慌不忙，那天历史走上了演化的常轨，就不再需要变态的革命了。

但目前，我们还要用"挤"来争取"悠悠"，用革命来争取演化。"悠悠"是目的，"挤"是达到目的的手段。

于是又想到变与乱的问题。变是悠悠的演化，乱是挤来挤去的革命。若要不乱挤，就只得悠悠的变。若是该变而不变，那只有挤得你变了。

子大川上，曰："逝者如斯夫，不舍昼夜！"古训也发挥了变的原理。

婴 儿

[中国]徐志摩

徐志摩（1897—1931），现代诗人、散文家。名章序，笔名南湖、云中鹤等。浙江海宁人。1915年毕业于杭州一中，先后就读于上海沪江大学、天津北洋大学和北京大学。在剑桥两年，深受西方教育的熏陶及欧美浪漫主义和唯美派诗人的影响。著有诗集《志摩的诗》《翡冷翠的一夜》《猛虎集》《云游》，散文集《落叶》《巴黎的鳞爪》《自剖》《秋》等等。

我们要盼望一个伟大的事实出现，我们要守候一个馨香的婴儿出世——你看他那母亲在她生产的床上受罪！

她那少妇的安详，柔和，端丽，现在在剧烈的阵痛里变形成不可信的丑恶：你看她那遍体的筋络都在她薄嫩的皮肤底里暴涨着，可怕的青色与紫色，像受惊的水青蛇在田沟里急泅似的，汗珠粘在她的前额上像一颗颗的黄豆。她的四肢与身体猛烈的抽搐着，畸屈着，奋挺着，纠旋着，仿佛她垫着的席子是用针尖编成的，仿佛她的帐围是用火焰织成的；一个安详的，镇定的，端庄的，美丽的少妇，现在在阵痛的惨酷里变形成魔鬼似的可怖：她的眼，一时紧紧地阖着，一时巨大的睁着，她那眼，原来像冬夜池潭里反映着的明星，现在吐露着青黄色的凶焰，眼珠像是烧红的炭火，映射出她灵魂最后的奋斗,她的原来朱红色的口唇,现在像是炉底的冷灰,她的口颤着,撅着,扭着,死神的热烈的亲吻不容许她一息的平安,她的发是散披着,横在口边,漫在胸前,像揪乱的麻丝,她的手指间紧抓着几穗拧下来的乱发;

这母亲在她生产的床上受罪;

但她还不曾绝望,她的生命挣扎着血与肉与骨与肢体的纤维,在危崖的边沿上,抵抗着,搏斗着死神的逼迫;

她还不曾放手,因为她知道(她的灵魂知道!)这苦痛不是无因的,因为她知道她的胎宫里孕育着一点比她自己更伟大的生命的种子,包含着一个比一切更永久的婴儿;

因为她知道这苦痛是婴儿要求出世的征候,是种子在泥土里爆裂成美丽的生命的消息,是她完成她自己生命的使命的时机;

因为她知道这忍耐是有结果的,在她剧痛的昏瞀中,她仿佛听着上帝准许人间祈祷的声音;她仿佛听着天使们赞美未来的光明的声音;

因此她忍耐着,抵抗着,奋斗着……她抵拼绷断她通体的纤维,她要赎出在她那胎宫里动荡着的生命,在她一个完全美丽的婴儿出世的盼望中,最锐利,最沉酣的痛感逼成了最锐利最沉酣的快感……

翡冷翠山居闲话

[中国]徐志摩

在这里出门散步去,上山或是下山,在一个晴好的五月的向晚,正像是去赴一个美的宴会,比如去一果子园,那边每株树上都是满挂着诗情最秀逸的果实,假如你单是站着看还不满意时,只要你一伸手就可以采取,可以恣尝鲜味,足够你性灵的迷醉。阳光正好暖和,决不过暖;风息是温驯的,而且往往因为他是从繁花的山林里吹度过来。他带来一股幽远的澹香,连着一息滋润的水汽,摩挲着你的颜面,轻绕着你的肩腰,就这单纯的呼吸已是无穷的愉快;空气总是明净的,近谷内不生烟,远山上不起霭,那美秀风景的全部正像画片似的展露在你的眼前,供你闲暇的鉴赏。

作客山中的妙处,尤在你永不须踌躇你的服色与体态;你不妨摇曳着一头的蓬草,不妨纵容你满腮的苔藓;你爱穿什么就穿什么;扮一个牧童,扮一个渔翁,装一个农夫,装一个走江湖的吉卜赛,装一个猎户;你再不必提心整理你的领结,你尽可以不用领结;给你的颈根与胸膛一半日的自由,你可以拿一条这边艳色的长巾包在你的头上,学一个太平军的头目,或是拜伦那埃及装的姿态;但最要紧的是穿上你最旧的旧鞋,别管他模样不佳,他们是顶可爱的好友,他们承着你的体重却不叫你记起你还有一双脚在你的底下。

这样的玩顶好是不要约伴,我竟想严格的取缔,只许你独身;因为有了伴多少总得叫你分心,尤其是年轻的女伴,那是最危险最专制不过的旅伴,你应得躲避她像你躲避青草里一条美丽的花蛇!平常我们从自己家里走到朋友的家里,或是我们执事的地方,那无非是在同一个大牢里从一间狱室移到另一间狱室去,拘束永远跟着我们,自由永远寻不到我们;但在这春夏间美秀的山中或乡间你要是有机会独身闲逛时，那才是你福星高照的时候，那才是你实际领受，亲口尝味，自由与自在的时候，那才是你肉体与灵魂行动一致的时候；朋友们，我们多长一岁年纪往往只是加重我们头上的枷，加紧我们脚胫上的链，我们见小孩子在草里在沙堆里在浅水里打滚作乐，或是看见小猫追他自己的尾巴，何尝没有羡慕的时候，但我们的枷，我们的链，永远是制定我们行动的上司！所以只有你单身奔赴大自然的怀抱时，像一个裸体的小孩扑入他母亲的怀抱时，你才知道灵魂的愉快是怎样的，单是活着的快乐是怎样的，单就呼吸单就走道单就张眼看耸耳听的幸福是怎样的。因此你得严格的为己，极端的自私，只许你，体魄与性灵，与自然同在一个脉搏里跳动，同在一个音波里起伏，同在一个神奇的宇宙里自得。我们浑朴的天真是像含羞草似柔娇的，一经同伴的抵触，他就卷了起来，但在澄静的日光下，和风中，他的姿态是自然的，他的生活是无阻碍的。

　　你一个人漫游的时候，你就会在青草里坐地，仰卧，甚至有时打滚，因为草的和暖的颜色自然的唤起你童稚的活泼；在静僻的道上你就会不自主的狂舞，看着你自己的身影幻出种种诡异的变相，因为道旁树木的阴影在他们纤徐的婆娑里暗示你舞蹈的快乐；你也会得信口的歌唱，偶尔记起断片的音调，与你自己随口的小曲，因为树林中的莺燕告诉你春光是应得赞美的；更不必说你胸襟自然会跟着漫长的山径开拓，你的心地会看着澄蓝的天空静定，你的思想和着山壑间的水声，山罅里的泉响，有时一澄到底的清澈，有时激起成章的波动，流，流，流入凉爽的橄榄林中，流入妩媚的阿诺河去……

　　并且你不但不须游伴，每逢这样的约行，你也不必带书。书是理想的伴侣，但你应得带书，是在火车上，在你住处的客室里，不是在你独身漫步的时候。什么伟大的深沉的鼓舞的清明的优美的思想的根源不是可以在风籁中，云彩里，山势与地形的起伏里，花草的颜色与香息里寻得？自然是最伟大的一部书，歌德说，在他每一页的字句里我们读得最深奥的消息。并且这书上的文字是人人懂得的；阿尔卑斯与五老峰，西西里与普陀山，莱茵河与扬子江，梨梦湖与西子湖，建兰与琼花，杭州西溪的芦雪与威尼斯夕照的红潮，百灵与夜莺，更不提一般黄的黄麦，一般紫的紫藤，一般青的青草，同在大地上生长，同在和风中波动——他们应用的符号是永远一致的，他们的意义是永远明显的，只要你自己心灵上不长疮瘢，眼不盲，耳不塞，这无形迹的最高等教育便永远是你的名分，这不取费的最珍贵的补剂便永远供你的受用；只要你认识了这一部书，你在这世界上寂寞时便不寂寞，穷困时不穷困，苦恼时有安慰，挫折时有鼓励，软弱时有督责，迷失时有南针。

 # 春

[中国]朱自清

> 朱自清（1898—1948），原名自华，字佩弦。原籍浙江绍兴，生于江苏扬州。散文家、诗人。1920年毕业于北京大学。曾参加上海的文学研究会。1931年留英，漫游欧洲大陆。1932年回国。曾任清华大学、长沙临时大学、西南联大中文系主任。作品有诗文集《踪迹》，散文集《背影》《欧游杂记》《你我》等，论著有《诗言志辩》《论雅俗共赏》等。著作有《朱自清全集》。

盼望着，盼望着，东风来了，春天的脚步近了。

一切都像刚睡醒的样子，欣欣然张开了眼。山润朗起来了，水涨起来了，太阳的脸红起来了。

小草偷偷地从土里钻出来，嫩嫩的，绿绿的。园子里，田野里，瞧去，一大片一大片满是的。坐着，躺着，打两个滚，踢几脚球，赛几趟跑，捉几回迷藏。风悄悄的，草绵软软的。

桃树、杏树、梨树，你不让我，我不让你，都开满了花赶趟儿。红的像火，粉的像霞，白的像雪。花里带着甜味；闭了眼，树上仿佛已经满是桃儿、杏儿、梨儿！花下成千成百的蜜蜂嗡嗡地闹着，大小的蝴蝶飞来飞去。野花遍地是：杂样儿，有名字的，没名字的，散在草丛里像眼睛，像星星，

还眨呀眨的。

"吹面不寒杨柳风",不错的,像母亲的手抚摸着你。风里带来些新翻的泥土的气息,混着青草味,还有各种花的香,都在微微润湿的空气里酝酿。鸟儿将巢安在繁花嫩叶当中,高兴起来了,呼朋引伴地卖弄清脆的喉咙,唱出宛转的曲子,跟轻风流水应和着。牛背上牧童的短笛,这时候也成天在嘹亮地响。

雨是最寻常的,一下就是三两天。可别恼。看,像牛毛,像花针,像细丝,密密地斜织着,人家屋顶上全笼着一层薄烟。树叶子却绿得发亮,小草儿也青得逼你的眼。傍晚时候,上灯了,一点点黄晕的光,烘托出一片安静而和平的夜。乡下,小路上,石桥边,撑起伞慢慢走着的人;在去地里工作的农夫,披着蓑戴着笠。他们的草屋,稀稀疏疏的在雨里静默着。

天上风筝渐渐多了,地上孩子也多了。城里乡下,家家户户,老老小小,他们也赶趟儿似的,一个个都出来了。舒活舒活筋骨,抖擞抖擞精神,各做各的一份儿事去。"一年之计在于春",刚起头儿,有的是工夫,有的是希望。

春天像刚落地的娃娃,从头到脚都是新的,它生长着。

春天像小姑娘,花枝招展的,笑着,走着。

春天像健壮的青年,有铁一般的胳膊和腰脚,他领着我们上前去。

白马湖之冬

[中国]夏丏尊

> 夏丏尊（1886—1946），出版家、教育家、文学家。原名夏铸，字勉旃。1886年出生于浙江绍兴上虞县。1904年赴日本宏文书院、东京高等工业学堂留学。1913年，浙江两级师范学堂改为浙江省立第一师范学校，任国文教员，后加入南社，积极主张废除读经书、闭门造车、尊孔崇古等改革，增加世界新知识的教材。1925年与朱自清在上海发起立达学会，创办立达学园，取名学园，取园丁为培植桃李而创新之意。1945年11月，他被选为中华全国文艺家协会上海分会理事，于1946年4月23日在上海病逝，葬于白马湖畔。

在我过去四十余年的生涯中，冬的情味尝得最深刻的，要算十年前初移居白马湖的时候了。十年以来，白马湖已成了一个小村落，当我移居的时候，还是一片荒野。春晖中学的新建筑巍然矗立于湖的那一面，湖的这一面的山脚下是小小的几间新平屋，住着我和刘君心如两家。此外两三里内没有人烟。一家人于阴历十一月下旬从热闹的杭州移居于这荒凉的山野，宛如投身于极带中。

那里的风，差不多日日有的，呼呼作响，好像虎吼，屋宇虽系新建，构造却极粗率，风从门窗隙缝中来，分外尖削，把门缝窗隙厚厚地用纸糊了，椽缝中却仍有透入。风刮的厉害的时候，天未夜就把大门关上，全家吃毕夜饭即睡入被窝里，静听寒风的怒号，湖水的澎湃。靠山的小后轩，算是我的书斋，在全屋子中风最少的一间，我常把头上的罗宋帽拉得低低地，在洋灯下工作至深夜。松涛如吼，霜月当窗，饥鼠吱吱在承尘上奔窜，我于这种时

候,深感到萧瑟的诗趣,常独自拨划着炉灰,不肯就睡,把自己拟诸山水画中的人物,作种种幽邈的遐想。

现在白马湖到处都是树木了,当时尚一株树木都未种。月亮与太阳都是整个儿的,从上山起直要照到下山为止。在太阳好的时候,只要不刮风,那真和暖得不像冬天。一家人都坐在庭间曝日,甚至于吃午饭也在屋外,像夏天的晚饭一样。日光晒到哪里,就把椅凳移到哪里,忽然寒风来了,只好逃难似的各自带了椅凳逃入室中,急急把门关上。在平常的日子,风来大概在下午快要傍晚的时候,半夜即息。至于大风寒,那是整日夜狂吼,要二三日才止的。最严寒的几天,泥地看去惨白如水门汀,山色冻得发紫而黯,湖波泛深蓝色。

下雪原是我怕不憎厌的,下雪的日子,室内分外明亮,晚上差不多不用燃灯。远山积雪足供我半个月的观看,举头即可从窗中望见。可是究竟是南方,每冬下雪不过一两次。我在那里所日常领略的冬的情味,几乎都从风来。白马湖的所以多风,可以说是有着地理上的原因。那里环湖都是山,而北首却有一个半里阔的空隙,好似故意张了袋口欢迎风来的样子。白马湖的山水和普通的风景地相差不远,唯有风却与别的地方不同。风的多和大,凡是到过那里的人都知道的。风在冬季的感觉中,自古占着重要的因素,而白马湖的风尤其特别。

现在,一家僦居上海多日了,偶然于夜深人静时听到风声的时候,大家就要提起白马湖来,说"白马湖不知今夜又刮得怎样厉害哩!"

蝉与纺织娘

[中国]郑振铎

郑振铎（1898—1958），笔名西谛、郭源新。原籍福建长乐，生于浙江温州。五四时期在北京参加学生运动。1921年与沈雁冰、王统照等组织文学研究会。1923年主编《小说月报》。1931年起历任上海、北平各大学教授，致力于学术研究，并编辑文学刊物。1949年后曾任文化部副部长、中国科学院哲学社会科学部学部委员。著有《取火者的逮捕》《插图本中国文学史》《中国通俗文学史》等，编有《中国版画文图录》等。

　　你如果独自坐在窗内，静悄悄地没有一个人来打扰你，一点钟两点钟的过去，嘴里衔着一支烟，躺在沙发上慢慢地喷着烟云，看它一白圈一白圈的升上，那么在这静境之内，你便可听到那墙角阶前的鸣虫的奏乐。

　　那鸣虫的作响，真不是凡响；如果你曾听见过曼陀铃的低奏，你曾听见过一支洞箫在月下湖上独吹着，你曾听见过红楼重幔中透漏出来的弦管声，你曾听见过流水淙淙的由溪石间流过，或你曾倚在山阁上听着飒飒的松风在足下拂过，那么，你便可以把那如何清幽的鸣虫之叫声想象到一二了。

　　虫之乐队，因季候的关系，而颇有不同：夏天与秋令的虫声，便是截然的两样。蝉之声是高旷的，享乐的，带着自己满足之意的；它高高的栖在梧桐树，或竹枝上，迎风而唱，那是生之歌，生之盛年之歌，那是结婚歌，那是中世纪武士美人大宴时的行吟诗人之歌。无论听了那叽……叽……的漫长音，或叽格……叽格……的较短声，都可以同样受到一种轻快的美感。秋虫的鸣声最复杂；但无论纺织娘的咭嘎，蟋蟀的唧唧，金铃子的叮令，还有无数无数不可名状的秋虫之鸣声，其音调之凄抑却都是一样的：他们唱的是秋之歌，是暮年之歌，是薤露之曲。他们的歌声，是如秋风之扫落叶，怨妇之奏琵琶，孤峭而幽奇，清远而凄迷，低回而愁肠百结。你如果是一个孤客，独宿于荒郊逆旅，一盏荧荧的油灯，对着一张板床，一张木桌，一两张硬板凳，再一听见四壁唧唧知知的虫声间作，那你今夜便不用再想稳稳当当的安睡了。什么愁情、乡思以及人生之悲感，都会一串一串的从根儿勾引起来，在你心上翻来覆去，如白老鼠在戏笼中走轮盘一般，一上去便不再想下来憩息。……如果那一夜是一个月夜，天井里统统是银白色，枯秃的树影，一根一条的很清朗的印在地上，那么你的感触将更深了，那也许就是所谓悲秋。

秋虫之声，大概都在蝉之夏曲已告终之后出现，那正与气候之寒暖相应。但我却有一次奇异的经验：在无数的纺织娘之鸣声已来了之后，却又听得满耳的蝉声。我想我们的读者中有这种经验的人必是不多的。

我在山中，每天听见的只有蝉声，鸟声还比不上。那时天气是很热，即在山上，也觉得并不凉爽。正午的时候，躺在廊前的藤榻上，要求一点的凉风，却见满山的竹树梢头，一动也不动，看看足底下的花草也都静静地站着，似老僧入了定似的。风扇之类既得不到，只好不断地用手巾来拭汗，不断地在摇挥那纸扇了。在这时候，往往有几缕的蝉声在槛外鸣奏着。闭了目，静静的听了它们在忽高忽低，忽断忽续，此唱彼和，仿佛是一大阵绝清的乐阵，在那里奏着绝清幽的曲子，炎热似乎也减少了，然后，朦胧的朦胧的睡去了，什么都不觉得。良久，良久，清梦醒来时，却又是满耳的蝉声，山中的蝉真多！绝早的清晨，老妈子们和小孩子们常去抱着竹竿乱摇一阵，而一只两只的蝉便要跟随了朝露而落到地上了。每一个早晨，在我们滴翠轩的左近，至今是百只以上的蝉是这样的被捉，但蝉声却并不减少……

半个月过去了；有的时候，似乎蝉声略少，第二天却又多了起来。虽然叽……叽……的不息的鸣着，却并不觉喧扰；所以大家都不讨厌它们。我却特别的爱听它们的歌唱，那样的高旷清远的调子，在什么音乐会中可以听得到！所以我每以蝉声将绝为虑，时时的干涉孩子们捕捉。

到了一夜，狂风大作，雨点如从水龙头上喷出似的，向槛内廊上倾倒。第二天还不放晴。再过一天，晴了，天气却很凉，蝉声乃不再听见了！全山上在鸣唱着的却换了一种咭嘎……咭嘎……的急促而凄楚的调子，那是纺织娘。

"秋天到了。"我这样的说着，颇动了归心。

再一天，纺织娘还是咭嘎咭嘎的唱着。

然而第三天早晨，当太阳晒得满山时，蝉声却又听见了，且很不少。我初听不信；叽……叽……叽格……叽格……那确是蝉声！纺织娘之声又潜踪了。

蝉回来了，跟它回来的是炎夏。从箱中取出的棉衣又复放入箱中。下山之计遂又打消了。

谁曾于听了纺织娘歌声之后再听了蝉之夏曲呢，这是我的一个有趣的经验。

聪明人和傻子和奴才

[中国]鲁迅

鲁迅（1881—1936），原名周树人，字豫才。浙江绍兴人。1902年毕业于南京矿路学堂，留学日本。1908年参加光复会。辛亥革命后曾任职于南京临时政府和北京政府教育部。1918年发表第一部白话小说《狂人日记》。曾赴厦门大学和中山大学任教。1927年后，曾与人发起成立中国自由运动大同盟、左翼作家联盟、民权保障同盟。出版有小说集《呐喊》《彷徨》，杂文集《热风》《华盖集》《三闲集》《且介亭杂文》等多本，学术著作《中国小说史略》等。译著多种。编有《鲁迅全集》《鲁迅译文集》。

奴才总不过是寻人诉苦。只要这样，也只能这样。有一日，他遇到一个聪明人。

"先生！"他悲哀地说，眼泪联成一线，就从眼角上直流下来。"你知道的。我所过的简直不是人的生活。吃的是一天未必有一餐，这一餐又不过是高粱皮，连猪狗都不要吃的，尚且只有一小碗……"

"这实在令人同情。"聪明人也惨然说。

"可不是么！"他高兴了。"可是做工是昼夜无休息：清早担水晚烧饭，上午跑街夜磨面，晴洗衣裳雨张伞，冬烧汽炉夏打扇。半夜要煨银耳，侍候主人耍钱；头钱从来没分，有时还挨皮鞭……。"

"唉唉……"聪明人叹息着，眼圈有些发红，似乎要下泪。

"先生！我这样是敷衍不下去的。我总得另外想法子。可是什么法子呢？……"

"我想，你总会好起来……"

"是么？但愿如此。可是我对先生诉了冤苦，又得你的同情和慰安，已经舒坦得不少了。可见天理没有灭绝……"

但是，不几日，他又不平起来了，仍然寻人去诉苦。

"先生！"他流着眼泪说，"你知道的。我住的简直比猪窠（kē）还不如。主人并不将我当人；他对他的叭儿狗还要好到几万倍……"

"混帐！"那人大叫起来，使他吃惊了。那人是一个傻子。

"先生，我住的只是一间破小屋，又湿，又阴，满是臭虫，睡下去就咬得真可以。秽气冲着鼻子，四面又没有一个窗子……"

"你不会要你的主人开一个窗的么？"

"这怎么行？……"

"那么，你带我去看去！"

傻子跟奴才到他屋外，动手就砸那泥墙。

"先生！你干什么？"他大惊地说。

"我给你打开一个窗洞来。"

"这不行！主人要骂的！"

"管他呢！"他仍然砸。

"来人呀！强盗在毁咱们的屋子了！快来呀！迟一点可要打出窟窿来了！……"他哭嚷着，在地上团团地打滚。

一群奴才都出来，将傻子赶走。

听到了喊声，慢慢地最后出来的是主人。

"有强盗要来毁咱们的屋子，我首先叫喊起来，大家一同把他赶走了。"他恭敬而得胜地说。

"你不错。"主人这样夸奖他。

这一天就来了许多慰问的人，聪明人也在内。

"先生。这回因为我有功,主人夸奖了我了。你先前说我总会好起来,实在是有先见之明……。"他大有希望似的高兴地说。

"可不是么……"聪明人也大为高兴似的回答他。

一九二五年十二月二十六日。

泪与笑

[中国]梁遇春

梁遇春（1904—1932），福建闽侯人，1924年进入北京大学英文系学习。1928年秋毕业后曾到上海暨南大学任教。翌年返回北京大学图书馆工作。后因染急性猩红热，猝然去世。梁遇春在大学读书期间翻译西方文学作品兼写散文。他的译著多达二三十种，其中以（英）《小品文选》《英国诗歌选》影响较大。从1926年开始陆续发表散文在《语丝》《奔流》《骆驼草》《现代文学》及《新月》等刊物上。他的散文另辟蹊径，独具一格，在现代散文史上自有其不可替代的地位。

匆匆过了二十多年，我自然也是常常哭，常常笑，别人的啼笑也看过无数回了。可是我生平不怕看见泪，自己的热泪也好，别人的呜咽也好；对于几种笑我却会惊心动魄，吓得连呼吸都不敢出声，这些怪异的笑声，有时还是我亲口发出的。当一位极亲密的朋友忽然说出一句冷酷无情冰一般的冷话来，而且他自己还不知道他说得会使人心寒，这时候，我们只能哈哈哈莫名其妙地笑了。因为若使不笑，叫我们怎么样好呢？我们这个强笑或者是出于看到他真正的性格（他这句冷语所显露的）和我们先前所认为的他的性格的矛盾，或者我们要勉强这么一笑来表示我们是不会给他的话所震动，我们自己另有一个超乎一切的生活，他的话不能损坏我们于毫发的，或者……。但是那时节我们只觉得不好不这么大笑一声，所以才笑，实在也没有闲暇去仔细分析自己了。当我们心里有说不出的苦痛缠着，正要向人细诉，那时我们平时尊敬的人却用个极无聊的理由（甚至于最卑鄙的）来解释我们这穿过心灵的悲哀。看到这深深一层的隔膜，我们除开无聊赖的破涕为笑，还有什么别的办法吗？有时候我们倒霉起来，整天从早到晚做的事没有一件不是失败的。到晚上疲累非常，懊恼万分，悔也不是，哭也不是，也只好咽下眼泪，空心地笑着。我们一生忙碌，把不可再得的光阴消磨在马蹄铁轮，以及无谓敷衍之间，整天打算，可是自己不晓得为甚这么费心机，为了要活着用尽苦心来延长这寿命，却又不觉得或者到底有何好处，自己并没有享受生活过，总之黑漆一团活着。夜阑人静，回头一想，哪能够不吃吃地笑，笑时感到无限的生的悲哀。就说我们淡于生死了，对于现世界的厌烦同人事的憎恶还会像毒蛇般蜿蜒走到面前，缠着身上。我们真可说倦于一切，可惜我们也没有爱恋上死神，觉得也不值得花那么大劲去求死，在此不生不死心境里，只见伤感重重来袭，偶然挣些力气，来叹几口气，叹完气也免不了失笑，那笑是多么酸苦的。这几种笑声发自我们的口里，自己听到，心中生个不可言喻的恐怖，或者又引起另一个鬼似的狞笑。若使是由他人口里传出，只要我们探讨出他们的源泉，我们也会惺惺惜惺惺而心酸，同时害怕地全身打战。此外失望人的傻笑，下头人挨了骂对于主子的陪笑，趾高气扬的热官对于贫贱故交的冷笑，老处女在她们结婚席上所呈的干笑，生离永别时节的苦笑——这些笑全是"自然"跟我们为难，把我们弄得没有办法，我们承认失败了的表现是我们心灵的堡垒下面刺目的降幡。莎士比亚的妙句"对着悲哀的微笑"（smiling at grief）说尽此中的苦况。拜伦在他的杰作Don Juan《唐璜》里有二句：

"Of all tales 'tis the saddest——and more sad. Because it makes us smile."
（在所有故事中它是最可悲——而且还要可悲，因为它让我们微笑。）

这两句是我愁闷无聊时所喜欢反复吟诵的，因为真能传出"笑"的悲剧情调。

泪却是肯定人生的表示。因为生活是可留恋的，过去的春天的日子，所以才有伤逝的清泪。若使生活本身就不值得我们的一顾,我们哪里会有惋惜的情怀呢?当一个中年妇女死了丈夫时候,她嚎啕地大哭,她想到她儿子这么早失去了父亲,没有人知道,免不了伤心流泪,可是她隐隐地对于这个儿子有无穷的慈爱同希望。她的儿子又死了,她或者会一声不做地料理丧事,或者发疯狂笑起来。因为她已厌倦人生,她微弱的心已经麻木死了。我每回看到人们的流泪,不管是失恋的刺痛,或者丧亲的悲哀,我总觉人生真的值得一活的。眼泪真是人生的甘露。当我是小孩时候,常常觉得心里有说不出的难过,故意去臆造些伤心事情,想到有味时候,有时会不觉流下泪来,那时就感到说不出的快乐。现在却在寻不到这种无根的泪痕了。哪个有心人不爱看悲剧,亚里士多德所说的净化的却不错。我们精神所纠结郁积的悲痛随着台上的凄惨情节发出来,哭泣之后我们又形容不出的快感,好似精神上吸到新鲜空气一样,我们的心灵忽然间呈非常健康的状态。Gogol(俄国作家果戈理)的著作人们都说是笑里有泪,是在正是因为后面有看不到的泪,所以他的小说会那么诙谐百出,对于生活处处有回甘的快乐。中国的诗词说高兴赏心的事总不大感人,谈愁语恨却是易工,也是由于那些怨词悲调是泪的结晶,有时会逗我们洒些同情的泪。所以亡国的李后主,感伤的李义山始终是我么爱读的作家。天下最爱哭的人莫过于怀春的少女同情海中翻身的青年,可是他们的生活是最有力,色彩最浓,最不虚过的生活。人到老了,生活力渐渐消磨尽了,泪泉也干了,剩下的只是无可无不可那种行将就木的心境和好像慈祥实在是生的疲劳所产生的微笑——我所怕的微笑。

十八世纪初期浪漫派诗人格雷在他的On a Distant Prospect of Eton College《远见依顿学院》里说:

留下也就忘了的泪珠,那是照耀心胸的阳光。

The tear forgot as soon as shed,

The sunshine of the breast.

这些热泪只有青年才会有,它是同青春的幻梦同时消灭的。泪尽了,个个人都像苏东坡所说的"存亡惯见浑无泪"那样的冷漠了,坟墓的影已染着我们的残年。

学问之趣味

[中国]梁启超

梁启超（1873—1929年），字卓如，号任公，又号饮冰室主人、饮冰子、哀时客、中国之新民、自由斋主人等。汉族，广东新会人。中国近代维新派领袖、学者，近代史上著名的政治活动家、启蒙思想家、资产阶级宣传家、教育家、史学家和文学家。戊戌变法（百日维新）领袖之一。曾倡导文体改良的"诗界革命"和"小说界革命"。其著作合编为《饮冰室合集》。

我是个主张趣味主义的人，倘若用化学化分"梁启超"这件东西，把里头所含一种原素名叫"趣味"的抽出来，只怕所剩下仅有个"〇"了。我以为，凡人必常常生活于趣味之中，生活才有价值，若哭丧着脸捱过几十年，那么，生命便成沙漠，要来何用。中国人见面最喜欢用的一句话："近来作何消遣？"这句话我听着便讨厌。话里的意思，好像生活得不耐烦了，几十年日子没有法子过，勉强找些事情来消他遣他。一个人若生活于这种状态之下，我劝他不如早日投海。我觉得天下万事万物都有趣味，我只嫌二十四点钟不能扩充到四十八点，不够我享用。我一年到头不肯歇息，问我忙什么？忙的是我的趣味。我以为这便是人生最合理的生活。我常常想运动别人也学我这样生活。

凡属趣味，我一概都承认他是好的。但怎么样才算"趣味"，不能不下一个注脚。我说："凡一件事做下去不会生出和趣味相反的结果的，这件事便可以为趣味的主体。"赌钱趣味吗？输了怎么样？吃酒趣味吗？病了怎么样？做官趣味吗？没有官做的时候怎么样？……诸如此类，虽然在短时间内像有趣味，结果会闹到俗语说的，"没趣一齐来"。所以我们不能承认他是趣味。凡趣味的性质，总要以趣味始以趣味终。所以能为趣味之主体者，莫如下列的几项：一、劳作。二、游戏。三、艺术。四、学问。诸君听我这段话，切勿误会以为我用道德观念来选择趣味。我不问德不德，只问趣不趣。我并不是因为赌钱不道德才排斥赌钱，因为赌钱的本质会闹到没趣；闹到没趣便破坏了我的趣味主义，所以排斥赌钱。我并不是因为学问是道德才提倡学问。因为学问的本质能够以趣味始以趣味终，最合于我的趣味主义条件，所以提倡学问。

学问的趣味，是怎么一回事呢？这句话我不能回答。凡趣味总要自己领略，自己未曾领略得到时，旁人没有法子告诉你。佛典说的："如人饮水，冷暖自知。"你问我这水怎样的冷，我便把所有形容词说尽，也形容不出给你听，除非你亲自喝一口。我这题目——学问之趣味，并不是要说学问如何如何的有趣味，只要如何如何便会尝得着学问的趣味。

诸君要尝学问的趣味吗？据我所经历过的有下列几条路应走：

第一，"无所为。"（为读去声）趣味主义最重要的条件是"无所为而为"，凡有所为而为的事，都是以别一件事为目的，而以这件事为手段。为达目的起见勉强用手段，目的达到时，手段便抛却。例如学生为毕业证书而做学问，著作家为版权而做学问，这种做法，便是以学问为手段，便是有所为。有所为虽然有时也可以为引起趣味的一种方便，但到趣味真发生时，必定要和"所为者"脱离关系。你问我"为什么做学问"？我便答道："不为什么。"再问，我便答道："为学问而学问。"或者答道："为我的趣味。"诸君切勿以为我这些话掉弄虚机，人类合理的生活本来如此。小孩子为什么游戏？为游戏而游戏。人为什么生活？为生活而生活。为游戏而游戏，游戏便有趣。为体操分数而游戏，游戏便无趣。

第二，不息。"鸦片烟怎样会上瘾？""天天吃"。"上瘾"这两个字,和"天天"这两个字是离不开的。凡人类的本能,只要那部分搁久了不用,他便会麻木,会生锈。十年不跑路,两条腿一定会废了。每天跑一点钟,跑上几个月,一天不得跑时,腿便发痒。人类为理性的动物,"学问欲"原是固有本能之一种,只怕你出了学校便和学问告辞,把所有经管学问的器官一齐打落冷宫,把学问的胃弄坏了,便山珍海味摆在面前,也不愿意动筷子。诸君啊,诸君倘若现在从事教育事业或将来想从事教育事业,自然没有问题,很多机会来培养你学问胃口。若是做别的职业呢,我劝你每日除本业正当劳作之外,最少总要腾出一点钟,研究你所嗜好的学问。一点钟哪里不消耗了?千万别要错过,闹成"学问胃弱"的症候,白白自己剥夺了一种人类应享之特权啊。

第三,深入的研究。趣味总是慢慢的来,越引越多,像那吃甘蔗,越往下才越得好处。假如你虽然每天定有一点钟做学问,但不过拿来消遣消遣,不带有研究精神,趣味便引不起来。或者今天研究这样明天研究那样,趣味还是引不起来。趣味总是藏在深处,你想得着,便要入去。这个门穿一穿,那个窗户张一张,再不会看见"宗庙之美,百官之富"。如何能有趣味!我方才说:"研究你所嗜好的学问。"嗜好两个字很要紧,一个人受过相当的教育之后,无论如何,总有一两门学问和自己脾胃相合。而已经懂得大概可以作加工研究之预备的,请你就选定一门作为终身正业(指从事学者生活的人说),或作为本业劳作以外的副业(指从事其他职业的人说)。不怕范围窄,越窄越便于聚精神。不怕问题难,越难越便于鼓勇气。你只要有肯一层一层的往里面追,我保你一定被他引到"欲罢不能"的地步。

第四,找朋友。趣味比方电,越磨擦越出。前两段所说,是靠我本身和学问本身相磨擦,但仍恐怕我本身有时会停摆,发电力便弱了,所以常常要仰赖别人帮助。一个人总要有几位共事的朋友,同时还要有几位共学的朋友。共事的朋友,用来扶持我的职业。共学的朋友和共玩的朋友同一性质,都是用来磨擦我的趣味。这类朋友,能够和我同嗜好一种学问的自然最好,我便和他打伙研究,即或不然——他有他的嗜好,我有我的嗜好,只要彼此都有研究精神,我和他常常在一块或常常通信,便不知不觉把彼此趣味都磨擦出来了。得着一两位这种朋友,便算人生大幸福之一,我想只要你肯找,断不会找不出来。

　　我说的这四件事，虽然像是老生常谈，但恐怕大多数人都不曾会这样做。唉，世上人多么可怜啊！有这种不假外求不会蚀本不会出毛病的趣味世界，竟自没有几个人肯来享受。古书说的故事"野人献曝"，我是尝冬天晒太阳的滋味尝得舒服透了，不忍一人独享，特地恭恭敬敬的来告诉诸君，诸君或者会欣然采纳吧！但我还有一句话：太阳虽好，总要诸君亲自去晒，旁人却替你晒不来。

徒然草(节选)

[日本]吉田兼好

吉田兼好(1283—1350),南北朝时期日本歌人。吉田兼好又称兼好法师,精通儒、佛、老庄之学,是有名的歌人。其随笔集《徒然草》由互不连属的、长短不一的散文组成,涉及当时社会的各个阶层包括公卿、贵族、武士、僧侣、樵夫、赌徒等人物。作者对当时日趋灭亡的贵族命运投以批判的目光,认为这是顺乎"变化之理"。由于这部作品内容丰富,语言简练刚劲,描写生动准确,长期被认为是日本随笔文学中的佳作。

长生

倘仇野之露没有消时,鸟部山之烟也无起时,人生能够常住不灭,恐世间将更无趣味。人世无常,正是很妙的事吧。

遍观有生,唯人最长生。蜉蝣及夕而死,夏蝉不知春秋。倘若优游度日,则一岁的光阴也就很是长闲了。如不知餍足,虽过千年亦不过一夜的梦罢。在不能常住的世界活到老丑,有什么意思?"寿则多辱"。即使长命,在四十以内死了最为得体。过了这个年纪便将忘记自己的老丑,想在人群中胡混,到了暮年还溺爱子孙,希冀长寿得见他们的繁荣;执着人生,私欲益深,人情物理都不复了解,至可叹息。

自然之美

　　无论何时，望见明月便令人意快。或云："无物比月更美"；又一人与之争曰："露更有味"。其事殊有趣。其实随时随地无有一物不美妙也。

　　花月无论矣，即风亦足动人。冲岩激行，清溪之流水，其景色亦至佳美。曾见诗云："沅湘日夜东流去，不为愁人住少时"，觉得很有兴味。嵇康曾云："游山泽，观鱼鸟，心甚乐之"。在远离人居水草清佳之地，独自逍遥，可谓最大之悦乐。

爱生物

　　家畜中有牛马，加以羁绊虽亦可悯，唯系日用必需之物，亦属无可如何。狗能防守，视人为胜，也不可缺，但他家多畜此物，偶不畜养别无妨碍。此外鸟兽皆属无用之物。禁走兽于槛中，加以锁系；剪飞禽之羽翼，闭诸樊笼，使其怀念天云，眷念山野，忧闷怅望，无时或已。设身处地，不能忍受，有情之人岂忍以此为乐乎？虐待生物，用以娱目，此桀纣之心耳。王子猷爱鸟，但观林中飞鸣之鸟以为逍遥之友伴，不捕而凌虐之也。"珍禽奇兽不育于国"。《尚书》亦云。

人生大事

　　为无益之事而费时日者谓为愚人可，谓为谬人亦可。对于君国应为之事已多，其余暇日无几。人所不得不营求者，一食，二衣，三住居。人生大事不过此三者。不饥，不寒，不为风雨所侵，闲静度日，即为安乐。但人皆不免有病。如为疾病所犯，其苦痛殊不易忍，故医药亦不可忽。三者之上，加药成四。凡不能得此四事者为贫，四事无缺者为富，四事之外更有所营求者为贪。如四事节俭，无论何人当更无不足之虑也。

猫的墓

[日本]夏目漱石

> 夏目漱石（1867—1916），小说家。出生于江户（今东京），毕业于东京大学英文系。曾任高等学校英文教师、东京大学文科讲师。1902年留学英国后，志趣由英国文学研究转向文学创作，1907年发表小说《我是猫》，获得好评。此后，辞去大学教职，入东京朝日新闻社，专心创作。其代表作除《我是猫》外，还有《哥儿》《心》《明暗》等。

移居到早稻田以来，猫渐渐的瘦了，同孩子们嬉戏的气色全然没有。太阳射着屋宇，便去睡在廊下。在摆好了的前足上，载着方形的颚，凝然地眺望着庭里的树，许久许久没有见着它动，孩子虽是在旁边怎样的吵闹，只装作不知道的脸色。在孩子，早就没有把它当作对手了，只是说，这猫不足以当作嬉戏的同伴了，却把旧友委托于他人之手了。不仅孩子，连女仆除了仅仅把三次的食物放在厨房的角落里给它之外，大抵总不去理睬它的。那食物多半被邻近的大的金花猫走来吃完，猫也别无发怒的样子，想要争吵的事也没有，只是悄然地睡着罢了。可是，它睡觉的式样，不知怎的，却没有余裕之态，和那伸长了身子、舒舒服服地横着身体领受日光的不同，因为没有可动的能力了——这样还不足以形容懒怠的程度，是越过了某处。如果不动，自然是岑寂，动了更加岑寂，好像就这样忍耐着的样子。它的眼光，无论何时，都看着庭里的树，恐怕连那树的叶，树干的形，它都没有意识着吧，着青色的黄色眼瞳，只是茫然地盯着一处。它同家中的孩子不认它的存在一般,它自己似乎对于世中的存在也没有判然地认识了。

虽是如此,有时好像有事,也曾走到外面去。无论何时,都被近处的金花猫追赶,因为恐怖,便跳上走廊,撞破了破的纸窗,逃到火炉旁边来了。家中的人,留心它的存在,仅仅在这个时候,在它也只限于此时,把自己生存着的事实,满足的自觉了吧。

这样的事是屡次有的,后来,猫的长尾的毛渐渐脱落了。最初是这里那里虚疏地如孔一般的脱落,后来脱宽了现出红色的肌肤,看去可怜的萎然地垂下来,它压弯了的为万事所疲的身体,时时舐那痛苦的局部。

喂,猫怎样了,问了这样的话,妻子便非常冷淡地回答:"呃,也是因为年老的缘故吧。"我也这样的没有理睬它了。后来过了一响,有一次,好像三次的食物都要吐出来的样子。咽喉的地方,咳着起了波纹,使它发出了要打喷嚏又打不出,要噎又噎不出的苦闷的声音。虽然它是苦闷,然而没有法子,只要觉察了,便把它逐到外面去,不然,在席子上、被头上,就要弄得无情的龌龊了。

"真没有法子,是肠胃有了病吧,拿一点宝丹化了水给它吃"。

妻什么也没有说。过了两三天,我问起拿宝丹给它吃过吗,答说,给它吃也不中用了,连口也不能开了。跟着妻又说明,拿鱼骨给它吃了,所以要吐的。那么,不要拿给它吃不好吗?稍稍严重的埋怨着,我就看书了。

猫只要不作呕,依然是和顺的睡着。这一响,凝然缩着身子,好像只有支持它的身子的廊下是它的靠身似的,贴紧地蹲踞着。眼光也稍微改变了,在早是在近视线里,映着远处的物件似的,在悄然之中,有沉静的样子,后来渐渐奇异的动起来了。然而眼睛的颜色,却渐渐地凹下去了,好像是太阳已落,只有些微电光闪着的样子。我总是不理睬它,妻似乎也没有注意它,孩子自然连猫在家中的事也忘怀了。

某夜,它匍匐在孩子的被头的尽头,发出了与取去了它所捕着的鱼的时候相同的呻吟声。这时觉察了有变故的,只有我自己。孩子已经熟睡了,妻子正专心做着针线。隔了一会儿,猫又呻起来了,妻才停住了执着针的手。我说,这是怎的,在夜里啮了孩子的头,那才不了得呢。不至于吧,妻说时,又缝着汗衫的袖子了。猫时时呻吟着。

第二日。它蹲在围炉的边上，呻了一天。去倒茶或去拿开水壶，心里总觉得不舒服。可是到了晚上，猫的事，在我，在妻子，都完全忘怀了。猫的死去，实在就是那天晚上。到了早上，女仆到后面的藏物间去取薪的时候，已经硬了，它倒在旧灶的上面。

妻特意去看它的死态，并且把从来的冷淡改变了，突然骚嚷起来了。托了在家中出入的车夫，买来了方的墓标，说叫我为它写点什么。我在表面上写了"猫的墓"，在里面写上了"在九泉下，没有电光闪耀的夜吧"。车夫问道，"就这样埋了好吗？"女仆冷笑道："不这样，难道还要行火葬么？"

孩子也忽然爱起猫来了。在墓标的左右，供着一对玻璃瓶，里面插满许多的荻花。用茶碗盛着水，放在墓前。花与水，每天都换着的。到了第三天的黄昏时，满四岁的女孩子——我这时是从书斋的窗子看见的——单独一个人，走到墓前，看着那白木的棒，有一些工夫，便把手里拿着的玩具的杓，去酌那供猫的茶碗里的水喝了。这事不止一次。浸着落下来的荻花的水的余沥，在静寂的夕暮之中，几次的润湿了爱子的小咽喉。

在猫的忌日那天，妻子一定要拿铺有一片鲑鱼和鲣节鱼的饭一碗，供在墓前，一直到如今，没有忘记。只是这一晌，不拿到庭里去了，常是放在吃饭间的衣橱的上面。

藤荚

[日本]寺田寅彦

> 寺田寅彦（1878—1935），笔名吉村冬彦等，随笔作家、地球物理学家、画家。少年时广泛阅读文学书籍。1899年考入东京帝国大学物理专业。毕业后任教，1916年起任东京帝国大学教授。他的文学集子有100多篇，代表作有《橡树》《蒌柑子集》《龙舌兰》《乱涂在拉窗上面的字》《病房里的花》等等。其作品构思新颖、手法巧妙，形成独特风格。另著有《漱石俳句研究》《寺田寅彦随笔集》等。

　　昭和七年12月13日傍晚，我回到家里，刚要坐在客厅的桌前，"啪"的一声，不知什么东西打在拉隔上。我以为是小孩子淘气投进来的石子呢。其实不是，原来是院子里藤架上的藤豆荚突然爆开，一颗豆粒崩了进来。据房东说，从今天下午一点多到四点多这段时间里，藤豆荚纷纷爆裂。院子里的藤树荚和厨房前面的藤树荚交相崩开，激烈地敲打在距厨房两米来远的拉隔玻璃上，仿佛那玻璃都要被打破了似的。我所赶上的大约只是这场"爆炸"的尾声罢了。

　　像这天这么引人注目的"爆炸"，大概是由于连日来天气晴好，气候干燥，尤其这天的天特别晴，空气湿度低，使多数的藤荚达到了干燥极限的缘故吧。

　　尽管如此，像这天这样藤豆的猛烈飞崩，也的确令人吃惊。从书斋檐下的藤架到居室的拉隔间至少有十米，因此，从地上三米高处射到距地面一米高、十米远的拉隔上，倘不算空气的阻力，至少也要以每秒十米的初速度才能达到。一个将要枯死的豆荚中竟蕴藏着那样大的动力，真是不可想象。傍晚这偶遇，成了个引子，使我研究起了那藤豆爆裂的机巧来，令人惊奇的果实之谜油然接踵聚于脑际，于是我真想在一个适当的时机、适当的场合做一个关于这种现象和事实的报告。

对此，我不只一次地觉得，这简直就是植物界的一种"潮汐"。譬如，春季庭前山茶花的凋谢就大抵如此。有时在无风的夜晚它却纷纷凋落，而在晚风灌庭时却不见有一个花瓣落地。这现象用统计学的方式去看，很像所谓的"地震丛"的出现。

无独有偶，银杏树的落叶方式也很令人注目。在一个与我有些关系的研究所的居室外，遮着一条树枝，晴天时强烈的日光透过黄色的叶片照到房间里来，那缕缕金色使满屋生辉。深秋时，不知不觉那黄叶落去，只留得一条孤寂的枯枝。满枝的黄叶究竟是如何落去的，我虽未见到那细处，然而那情境却真切地为我撞见了。那是去年的一天午后，我下意识地望着那树枝，突然，那树叶宛若一下子断落似的，许许多多的叶片纷纷扬扬地坠落地下。我正吃惊地看着，接着与这棵树相隔二十多米处的一棵不大的银杏树也以同样的方式开始落叶。这遥相呼应的纷纷落叶仿佛是铺天盖地的金黄色大雪。奇怪的是那时竟无一丝风，因而落叶的流向几乎是垂直穿过树枝落在树下。这现象真让人有点毛骨悚然。是有什么幽灵般的怪物摇动树木，还是在哪儿有个电门被关上了，使电磁石上的铁制的树叶一下子全都落下来了呢。此外，今年的11月26日下午，我和京都大学的N博士搭伴到上野的清水堂附近去散步。殿堂的旁边长着一棵很大的银杏树。当我们走到那里时，树叶突然一股脑地飘落下来。约莫一分钟左右，许多叶子落下之后，又恢复了平静。那时也是几乎没有风，落叶只是顺势飘着。N博士还是第一次注意到这现象，觉得很有趣，也很开心。

这现象的内蕴自然是生物学的，对我们这些物理学者来说虽是不易想象的，然而树叶这种物质从树枝这种物质上脱落下来的一瞬间，却呈示着某种物理学的事实。这事实向我们暗示着许许多多的问题，也给我们的实验研究提供了多方面的启迪。倘若植物学家和物理学家能够进行共同研究，或许未必不是一个有趣儿的课题。

与此不同，前些天家里的孩子从台阶上摔伤了，于是，近处的医生M博士来诊察。同日，M先生的孩子在从学校回家的路上摔倒了，擦破了鼻尖，而且流了鼻血。两三天后，家里的另一个孩子被扒手掏了包；后来，他在电车站的安全地带站着，上衣却被从这里通过的卡车上的货物刮破了一个口子。同一天，家里的女佣又把特别重要的包裹忘在了电车里。这一切用现代科学的眼光来看当视为偶然。言其偶然，银杏的落叶、藤荚的崩裂或许不错，如果言其并非偶然，上述的际遇或许不尽为偶然。至少，当家里忙乱时，家里人的精神状态会与平常不同吧。

从年末到新年的这段时间里，报纸上总是频繁地载出名人的讣闻。在流感蔓延之时，这现象好像可以简单地解释清楚，可不能简单说清楚的时候也不少。

4、5月间，全国各地几乎同时发生山火。一日之内，从九州至奥羽之间发生十几处火灾的时候并不稀奇。据统计资料表明，这些火点沿着从日本海到面向太平洋的陆地，通过本州构成一条明显的不连续的弧线。对此，说是"日子不好"的含混不清的解释，被明确的科学性说明所取代。

人类的负伤，丢东西，病情恶化，以及飞机失事，汽车肇事等的"凶日"和"忌日"，用现代科学来解释，虽然是"迷信"，但或许有那么一天，科学会做出恰如其分的解释；至少，我们现在还很难提出这些现象不能进行科学解释的证明。

论办事法

[日本]鹤见祐辅

> 鹤见祐辅（1885—1973），自由主义者，政治家。毕业于东京大学法学系。曾担任铁道部高级官员，众议院议员、厚生省大臣等职。从事政治活动的同时也从事文学创作。他的主要作品是随笔集《思想·山水·人物》在大正十三年，也就是1924年他三十九岁时成书。鲁迅称赞文中的评论文字"滔滔然如瓶泄水，使人不觉终卷"。

一说到英雄之流，就似乎是很大方，很杂驳似的，但我们从他们的日记之类来仔细地一研究，实在倒是颇为用意周到的、细心的、不糊涂的人们。凡有读拿破仑的传记的人，就知道他虽至粮秣之微，也怎样地注意。无论是家康，是赖朝，是秀吉，都是小心于细事的。不过他们的眼虽在毫厘之末，其心却不忘大处高处的达观罢了。

说到底，就是英雄都是办事家。但在不觉其为办事家之处，即有他们的非凡的用意。那么，他们怎样地处置他们身边的事务的呢？这一事，应该是后世史家的很有兴味的题目。只因史家自己大抵不是办事家，所以英雄之为办事家的一方面，便往往被闲却了。

在这意义上，则去今百年，英国的官吏显理泰洛尔所记的题为《经世家的用心》这一篇，乃是颇有兴味的文章了。而且对于日对繁忙的事务的现代社会的人们，可作参考之处也不少。作者是久作英国殖民部的官吏，有捷才之誉，且是出名的诗人。那大要曰：

一、文件的分类。

凡办理事务的人，一经收到文件，须立加检点，分别应行急速的处置与否，将这分开，而加以整理。

二、不无端摩弄。

既经分类之后，则除了已有办理此案的决断时以外，决不得摩弄这些文件。因为养起了憧然凝视文件，或无端摩弄的习惯，则不但浪费时间，且至于渐渐觉得这案件似乎有些棘手，渐成畏缩，转而发生寡断的性质。又，反复着一样的事，不加决断，也要成为抑制活动的精神的结果的。

而且要行文件的裁决，也须当这事件的新出之际。因为文件久置几上，则为尘埃所封，给见者以宛然失了时机的古董一般的印象，所以虽行办理，也觉不快，而有不适意之感了。

这泰洛尔的一言，是凡略有办事经验的人，谁都感到的。尤其是生活于日本官场的人们，都熟知久经搁置而变了灰色的旧文件，是怎样给人以不快的印象。这一点和亚美利加的公署和公司等横在几上的文件，是如何崭新、鲜明、活泼的相比较，颇为遗憾的。

三、于心无所凝滞。

又，凡欲作经世家的人们，当养自制之念。这所谓自制，乃动和静的自由的心情之谓也。就是，欲办理一事，则全心集中于此者，动也。与此事无关时，将一切从念头忘却者，静也。在经世家，最当戒慎者，是既非决定，也非不决，有一件事凝滞于心中。

四、整顿。

经世家所最当避忌者，是终年度着忙碌似的混乱的生活。经世家须常度着整顿的生活。

五、写字的时候要慢慢地写。

凡当办事之际，有急遽的性癖的人，那矫正法，是在学习以身制心的方法。就是使日常的身体的举动舒缓起来。这就因为身体也可以称为精神的把柄的缘故。然则，所当时时留意者，是决不匆促写字。慢慢地写字的习惯，是使精神沉静的。

六、整顿文件要自己动手。

整理文件，做得干净，实在是必要的事。而将这些文件安排，束缚，以及摘要等的工作，必须自己亲手做去，决不可委托秘书那些人。为什么呢？因为文件的整理，同时也是自己的精神的整顿的缘故。

七、集中心。

当养成常将我心集中于一事的习惯。在办理一事的中途，忽然想起那怠慢了回复的信件等，是最宜戒慎的。

八、冥想时间的隔离。

经世家虽有于每一周中，以或一日作为休息日加以隔离的必要；但倘能够将一日之中的时间，作为冥想时间隔离起来的事，也是紧要的。

以上是泰洛尔所说的大要。可见粗看好像鲁钝的英国人，对于那各种设施，用意的周到。所说诸点，要当做经世家的要件，原是不可以的，但在经世家的资格中，算进这样见得琐屑的事情去，却惹了我们的兴味。

蓟色衣（二则）

[日本]西胁顺三郎

> 西胁顺三郎（1894—1982），诗人。代表性诗集有《旅人不归》《近代的寓言》，诗论集《超现实主义诗论》《诗学》等。他的散文作品多写于二战结束之后，先后收入《漫步原野》《蓟色衣》等集中。其作品构句逸出常规，节奏奇特，颇似脱白之足的蹒跚步伐，呈现出异样的新鲜感。

我的书桌上

书桌是文人的神圣祭坛，应该装饰上鲜花，即使每个季度一朵也好。我也是有装饰鲜花的兴趣的，但从我的实际生活来看，书桌不过是一个台子而已，只起着书和信笺的堆积场的作用。而只有对那些很少读书写作的人们来说，书桌才仅仅是作为家庭装饰的一个存在吧。

对于书桌，我甚至连装饰的意识也不曾感觉到。我以为，那些能对书桌感受到无限哀愁的人们是很了不起的。我书桌上的书籍，日日更新，变化不已。夏季，我有重读小说之类书籍的习惯，现在，我书桌上堆放着的是：《肉豆蔻树》《黄金驴马》《消防队员弗拉瓦阿》《都柏林人》《雅克之室》《外国人》《秘密侦探》《孤寂的哲学》《Variety》。这书桌，无论从什么时候、什么角度看，都是悲哀可怜的，都不是阅读圣贤书的场所。

我的书架

　　我没有收藏书的兴趣，但是，作为职业所必需的工具，书却不能不买。只是自然而然地收藏起来而已。因此，书架之类，虽然给人增添麻烦，却又是必需品。居室狭窄，书架更令人生厌。书年年累加，除了职业上必须的书，其他一概不能再买，并且，我也没有买的愿望。但值得感谢的是，不断有朋友或相识者寄赠书来。为经济地利用书架，我常常想要整理一下书籍，但却不能随便卖掉别人的赠书。从书架的空间说，馈赠来的书也是给人添麻烦的东西，虽然这是一句很失礼的话。

　　岛崎藤村确实是很了不起的人物。因为不能卖去别人的赠书，便泛舟于品川河面，像一个垂钓者那样，葬宝于水中。在英国作家与文人之间，有这样一种风气：把书作为私有物的行为被深恶痛绝，甚至被视为一种恶德。劳伦斯似乎是一位博览群书的人，他全都是从别人那里借来读的，还有一位文艺批评家哈兹里特，也是这样。书摆在那里，碍事且刺眼，几乎难能进行写作。

　　但是，作家或文人之中，也有的人，如果身边不排列开许多书就无法写作。我的不良习惯则是"不是自己的书就无法用来学习"。因为是不能在图书馆或别人的书上画线，落上烟灰或洒上酒滴的。

伊豆姑娘

[日本]川端康成

> 川端康成(1899—1972),小说家。幼年父母双亡,一生漂泊无着,心情苦闷忧郁,逐渐形成了感伤与孤独的性格,这种内心的痛苦与悲哀成为后来川端康成文学的阴影很深的底色。一生创作小说100多篇,作品富抒情性,追求人生升华的美,并深受佛教思想和虚无主义影响。代表作有《伊豆的舞女》(1926)、《雪国》(1935—1937)、《浅草红团》(1929—1930)、《水晶幻想》(1931)、《千只鹤》(1949—1951)、《山之音》(1949—1954)和《古都》(1961—1962)等。

  提起我最近邂逅的农村姑娘,那就是伊豆姑娘。一言蔽之,伊豆是山地和海岸,生活情调大不一样,至今风俗习惯的好坏完全不同。比如往南越过伊豆半岛正中的天城岭一步,尽收眼底的风光景色,就别是一派南国的景象。这半年左右,我就住在这里,以温泉来说,就是在修善寺、船原、吉奈、汤岛一带。比较起来,这一带地方的居民生活没有什么特色,没有什么足以给外来者留下深刻的印象。也就是说,没有什么东西闯进我好奇的心或批评的眼睛里。就以姑娘们的风俗和习惯来说,也是相同的。再说,我所熟悉的姑娘大多数是旅馆女佣。凭她们的长相就知道她们都是农村姑娘,不过也只是"一面之交",并没有深入接触她们的生活。

  一提农村,首先就想到城市。这一带就位在东京附近,恐怕这是一般思路的顺序吧。与大阪和京都的农村相比，东京的农村简直是尚未开发。而且显得格外贫瘠。不过，伊豆的生活还比较好过。这里没有像关东农村常见的那种荒芜、凋敝的景象。姑娘们似乎对"去东京，去东京"的憧憬也不太强烈。也很少有人离乡到他处干女工的活计。这里温泉星罗棋布，到这里来的东京人相当的多，然而这里受到他们的影响却意外的少。稍漂亮的城市女子一到来，旅馆的女佣就会马上说："这是位好人哩。"这句话蕴含着非常纯真的韵味。这是很好的印象。

我眼下下榻的汤岛温泉，是个小小的村庄。有两三户以男人为对象的女人家。当然，她们不是当地女子。然而，村妇和村姑娘同这样的女子谈话很有意思。例如，下雨天一个女子从公共汽车上走下来，跑进一家点心铺，拍了拍前来购物的村姑娘的肩膀，姑娘报以着实美好的微笑。于是双方就地站着，若无其事地闲聊了起来。坐在走廊上袒胸给孩子喂奶的村妇，也同蹲在她面前的一个奇怪的女人若无其事地谈天说地，谈个没完没了。今年冬上，不知为什么，许多卖糖果的朝鲜人来了，在村庄里租房的几乎都是卖糖果的人。身穿白裙的朝鲜妇女在小河边上洗衣裳。村妇并肩站在街道对面的房子里，向穿着白裙的女人学上几句朝鲜话，那确是一副若无其事的样子。

前些日子，在吉奈温泉收听广播的时候，狗儿冲着收音机尖声狂吠。我觉得与农家的狗儿不同。村妇的那种若无其事地接受事物的方法，是非常有意思的。

近闻在东京这样的大都会，女人渐渐趋向不讲情操了。从各地农村妇女的角度来看，东京妇女仍然过分地受到贞操观念的束缚，这恐怕是当然的吧。不过，我总觉得东京妇女无论品行好的或是品行差的，都带上一些不自然的造作。而农村妇女即使品行明显地差或是明显的好，看起来都是很自然的。伊豆有些地方，如海边的渔村和码头，还有往南一些的地方也是很不讲贞操的。恐怕只能说这地方的待人接物是很讲礼貌的。就以驰名的温泉来说，伊东和长冈是值得游乐的地方，而修善寺就不然了。

目前这一带插秧刚好结束，前些时候我每天都去观看插秧，深感意外的，是没有听见插秧歌。一个新闻记者曾经告诉过我：这地方生活比较充裕，很少刺激，因而恋爱的要求也不强烈。的确可以说，生活情调没有什么变化。

在这农村待久了,我首先感受到的,是"不变化的环境",是不断地支配人们命运的环境的力量。我详尽地了解了她们的身世,大都是旅馆的女佣。环境及其命运就像一根长线,明显地映入我的眼帘。像我这样一个来去无踪的人,夸张点说,是这样一个天涯的孤客,会有什么称得上是环境的呢?我感到非常不可思议。想到姑娘们的事,心情就有点迷惘,犹如站在黄昏笼罩下的山上。

还有一件事,就是妇女说,"久经世故"了。这旅馆来了个农村小姑娘给人家照料小孩子。不到一个月工夫,给旅馆当女佣的人便说是久经世故,然后就请假了。一般女佣,话儿稍一认真,就说自己"久经世故、久经世故"的。从未经世面的农村姑娘,也说自己久经世故而反省自躬。把自己久经世故或未经世面,作为自己生活中的大问题,这恐怕不仅限于农村姑娘吧。城市姑娘何尝不是如此呢。我曾想:一般女子"久经世故"是什么意思?对女子或对男子来说,纯粹具有什么意义?再说女子为什么认为这样的事是人生的大事呢?

伊豆是多山的半岛。山与海给人们提供了多半的生活食粮,这里不是农耕地,因此姑娘们就是山、海与田野之间的女儿吧。但在伊豆绝对没有美人。

听 泉

[日本]东山魁夷

> 东山魁夷,日本风景画家、散文家。1908年7月生于横滨。原名新吉,画号魁夷。1931年毕业于东京美术学校。1934年留学德国,在柏林大学哲学系攻读美术史。其早年绘画作品《冬日三乐章》《光昏》分别获得1939年第一回日本画院展一等奖和1956年日本艺术院奖。1969年获文化勋章和每日艺术大奖。1999年5月6日逝世。

鸟儿越过旷野。身后,源源不断地飞来一群群鸟儿。

有时,它们或五只六只,或排成一行。但是,鸟群多么多啊!它们交替鸣叫、相亲相爱、彼此激励,还互相憎恨、打斗、伤害。有的鸟儿由于伤病、疲劳、衰老,从鸟群中落伍了。

旷野上,今天也有鸟群飞过。

有时,它们看到了阳光下闪着光亮的小河在绿色的田野穿过;有时,它们飞过了树叶下露着红扑扑果实的树林。以前,这样的地方很多,如今却变成了一望无际的荒野。然而,无论昨天、今天、还是明天,所有鸟群都必须连续不断地飞。

不要以为任何鸟儿都凭借自己的意志飞着。谁也不知道为什么必须使它们飞,向何处飞。就连领头的鸟儿也不知道。

是什么原因必须这样疾飞呢?为什么不能飞得慢一点呢?

时间在匆匆过去,鸟儿想。它们没有留意时间是无限的,是静止的,过去的只是鸟儿自己。它们像是被什么迷住了似的，急着要激烈地拍翅而飞。它们没有觉察出，这样做导致了鸟儿自己从地上更快消失的不幸。

鸟儿更加激烈、更加有力地发出拍打翅膀的声音，轰响般地飞去。

在森林中有一口泉眼发出微弱的声音，不断地流出清亮的泉水。它们在那里作了短暂的停留。就算停留极其短暂、是片刻的安易，但对于横渡荒野的鸟儿来说也是救星。对于生活在地上的生物来说，一天就是以一天来终结的，明天是新一天的生活。

在泉眼旁边，鸟儿最好是让翅膀歇下来，让心平静下来，侧耳倾听泉水的絮语。泉水一定会告诉它们应该向何处飞。

从地底的深处涌出来，不断流出泉水的泉眼，从遥远的古代起，就目睹了地上的生物萌生、繁荣和消亡的过程。因此，它一定知道鸟儿们要去的地方。最好是对着清澈透明的泉水照一照自己的身影。在泉水里大概看得到自己疲劳的样子，而且也会领悟到鸟儿统治地上所有生命的霸主时代已经过去了。不是在任何时候、任何地方都能发现这样的泉眼的。因为鸟儿把精力只放在疾飞上了。

鸟儿们最大的不幸在于错误地认为，疾飞是积极进取，地上的一切都因我而存在。

话说回来，鸟儿自身似乎终于意识到，如果一味地疾飞下去，鸟群不是减少了吗？这种感觉如果不是太晚的话，虽然值得庆幸，但是……

我也是这些鸟群中的一员，所有的人都是在荒芜和寸草不生的旷野上不断飞行的鸟儿。

虽然每个人的心中都有泉眼，但是，它的声音却消失在日常的烦恼和忙碌中了。假如在夜半时分忽然睡醒的时候响起了微弱的声音，那一定是泉水的絮语。

直到现在，我还回顾自己走过的路，但是，多数时候在旷野中看错了路。在这种时候，如果倾听心中的泉音，那么，不少情况下又成了我的路牌。

泉水经常向我发问：

"你在他人面前和在你本人面前都是诚实的吗？"

我穷于回答，心中感到疼痛，一声不吭地垂下了头。

对我而言，心中所求就是希望作画做到诚实。泉水忠告我，你要谦虚，你要纯朴，你要放弃自负和偏执。

把自己视为无才能看到真实，泉水教导我。

我虽然本能地认为，把自己视为无是困难的，甚至是不可能的，但是，泉水却用低而清晰的声音对我说：无才有美。

自　由

[印度]泰戈尔

泰戈尔（1861—1941），印度孟加拉语诗人、神秘主义者，是向西方介绍印度文化精华和把西方文化精华介绍到印度的最有影响的人物。早年即开始写诗，诗集《心中的向往》（1890）标志着他的天才趋于成熟。他热爱孟加拉的乡村，恒河是他作品中频繁重复的形象。1902—1907年间他的妻子、一个儿子和女儿相继去世，忧伤的岁月赋予了他创作最佳诗篇的灵感。抒情诗集《吉檀迦利》的英译本为他赢得了1913年诺贝尔文学奖。泰戈尔多才多艺，他还是一位天才作曲家，曾为几百首诗谱曲，并属于印度一流画家之列。

　　医生爱怎么说就让他说去吧！打开，打开，打开我床前的那两扇窗户。让风吹进来。药？吃药早已使我厌倦。我已经吃够了苦的、涩的药了。在我这一生里，每天，每夜，每分，每秒，都在吃药。

　　活着，对我来说，本身就是一种疾病。在我的周围有多少国医、西医、走方郎中！他们开着药方，送来各种成药。他们说："这样做才好"，"那样做是最大的过错"。我听从着每一个人的吩咐，低着头，面纱掩着脸，就这样在你们家里度过了二十二年。因此,家里的、外面的人都说:"她是多么贤惠的媳妇,多么忠贞的妻子,多么善良的女人!"

我刚到你家的时候,才是一个九岁的小姑娘。按着一切人的愿望,沿着这家庭的漫长的道路,拖着疲惫的生命,度过了二十二年,今天终于走到路的尽头了。让我思索一下这生活是好、是坏,是痛苦、还是欢乐的时间在哪里。家务操作的车轮旋转着,发出单调的、疲惫的歌曲,我麻木地随着它转来转去。我不知道自己是什么人,不知道外面广阔的世界充满着什么意义。我从没有听到在神的琴弦上弹奏出来的人类伟大的消息。我只知道,做完饭后开始吃饭,吃完饭后又正是做饭的时候。二十二年,我的生命始终被捆绑在一个车轮上转,转,转。今天我仿佛感到那个车轮快要停止了;那就让它停止吧!为什么要吃药为难自己呢?

二十二年,每年春天都到过森林,带着花的芳香的春风都曾吹动过大地的心脏,叫嚷着:"打开,把门打开!"但是,它什么时候来了,又走了,我并不知道。也许它曾悄悄震撼过我的心灵;也许它曾使我突然忘记了家务操作;也许它曾在我心上引起生生世世永恒的忧郁;也许在这撩人的春天里,在无名的哀愁与欢乐中,我的心在期待着听到谁的脚步的声音。你下班回来了,但是黄昏时你却又到邻家去下棋。算了吧,别谈这个了,为什么在今天我要想起这些生活中暂时的波动呢?

二十二年后的今天,似乎春天第一次走进我的房间里。凝望着窗外的晴空,欢乐在我心中阵阵涌起。我是女人!我是伟大的!为了我,不眠的明月在它月光的琴弦上弹奏歌曲。没有我,天上的星星将徒然闪烁。没有我,园中花开还有什么意义?

二十二年,我一直认为我是你们这家庭里的囚徒。但是,我并不因此而悲哀。我已经麻木地度过不少岁月,如果必须活下去,我将依旧茫然度日,在这个家庭里有那么多朋友亲戚传诵着我贤淑的声誉,这仿佛是我一生中赢得那可怜的屋角众人口中赞美的最大胜利!那羁绊我的绳索今天要被割断了，在那无边的空阔里，生与死合而为一。在无底溟缈的地方，我将不会再遇到那像一粒泡沫一般的厨房的墙壁。

今天在宇宙的晴空里仿佛第一次为我吹奏起新婚的笛声。让那微不足道的二十二年躺在我的屋角里吧。那从死亡的洞房里向我传出召唤的，是我门前的乞丐，不，是我的主人。他永不忽视我，无论在什么时候，他向我伸出乞求的双手，乞求我心灵深处最宝贵的甘露。他在众星围拱的天空里向我不转瞬地凝视。啊，甜蜜的天堂，甜蜜的死——我心中永恒的乞士，在召唤他的女人！打开，打开窗子，让那无望的二十二年在时光的大海里消逝吧！

竹 笛

[印度]泰戈尔

竹笛的话语,永恒的话语——它是源于湿婆头发的恒河流水,每天都流经大地的胸田;它宛如仙界之子,在和死者的灰烬戏耍中降入人间。

我立在路旁,倾听着笛声;我不能理解,我当时怀着一种什么样的心情。我本想把这种苦痛融汇在那熟悉的苦乐之中,但是他们却未能汇融。我发现:它比那熟悉的微笑还清晰,它比那熟悉的泪海还深沉。

我还觉得,熟悉的东西并不是真理,而真理则属于不熟悉的东西。这种奇怪的感觉是怎么产生的呢?这用语言是无法回答的。

今天早晨,我一起来就听见,在娶亲的人家吹起了竹笛。

每天那平素的笛声与这婚礼第一天的笛声有何相似之处?隐蔽的不满,深沉的失望;蔑视,傲慢,疲倦;缺乏起码的信心,丑陋无为的争吵,不可原谅的冲突,生活中常见的贫穷——这一切,又怎么能用竹笛的仙语表达出来呢?

歌喉从人世之巅将一切熟悉的语言帷幕一下子撕破。永恒的新郎和新娘,蒙着一块殷红而羞涩的头巾来相会,而头巾正是在这笛声中徐徐揭去。

当那边的竹笛奏起了交换花环的乐曲,我就望了一眼这里的这位新娘;她颈上挂着金项链,她的脚上带着两只脚镯,她仿佛就站在泪湖中的一朵欢乐的莲花之上。

笛声赞美她成为新家的一员,然而对她却还不了解。姑娘从熟悉的家园来到这里,做了这陌生人家的媳妇。

竹笛说:这才是真理。

新思想

[阿富汗]乌尔法特

> 乌尔法特（1909—1977），阿富汗当代散文家和诗人。19世纪30年代，印度短歌和民歌迅速发展，而乌尔法特的创作成就成为当代阿富汗诗人的杰出代表。主要作品有《散文选》、《诗选》和《论写作》等。其创作成就主要在散文创作方面，代表作为《两个葬礼》。他的诗歌和散文观察敏锐，风格清新，文字凝练，时代意识浓厚，表现了强烈的爱国主义精神。乌尔法特曾任报刊编辑、主编，普什图学会主席，出版了10多部著作，深受阿富汗人民的喜爱。

我走遍东西南北，踏遍各地，寻访了所有的人。

我寻遍了每一座城市，可是无论谁家也没有它的住址。

我所要的东西这儿找不到。可是那些想作高官的人却可以找到进身的阶梯。

想要得到新汽车的人已经坐上了汽车；想要发财的人的金钱已经把银行塞满了。

只有我的愿望未能实现。因为我所想要的东西的确很稀罕，可是我非常希望能得到它。

是呀，我需要的是新的思想和新的世界。

在这里，新收音机、新电影、新手表、新装饰品，一样也不缺，可就是没有新的思想和新的主题。

在这里，诗人们吟出了许多诗，但却没一点新思想。

春天带给我们的仍是那被我们看了多次、嗅了多次的花。

我们一个世纪又一个世纪，总是翻来覆去地诵着"花与夜莺"的主题，没有任何新的创造。

我们只是在旧的事物里搜罗新的主题。这不过是在老太婆脸上蒙一块新纱巾而已。

这里，母亲们带来了新生的儿子，可是头脑里却生不出新的思想。

这里，妇女们可以走出大门了，可是新的主题仍然不能从大脑里走出来。

这里，由于风俗习惯，姑娘在父亲家里成了老小姐之后才嫁出去。

这里，媒人们正在旧思想的家里进进出出，旧伦理比新思想更有市场。

这里，旧观念在老太婆的秋千上任意游荡，唱的仍然是老调。

这里，靠施舍过活的人成了百万富翁，目不识丁的人当上了局长。

孩子们一生下地就像个老头子，他们睡的是旧时代的摇篮，听的是我们那古老的儿歌，看顾他们的又是老太婆。如果我们的青年再不刮净脸上的胡子，完全可以把他们称为老翁。

我们把新帽子戴上头顶，可是拒绝接受新思想；我们建造了新城市，可是住在那里的全是老头子，讲的全是老故事。

我们在老头们的集会上唱古老歌曲，还要这些老头子们跳起青年人的阿丹舞。

我未能如愿以偿。我应该到别的地方去追求新的思想。

这种新思想与那些复古的人是不会在一起的。

如果一位八十岁的老翁刚娶亲，他还是个老翁。一个老人穿上件新衣，仍然是个老人。即使他从一个旧城迁到新城，而那些旧家什也仍然跟着他一起走。

他们的住房是新的，思想却是旧的。虽然住在崭新的房子里，但新的思想与主题仍然产生不出来。

为人效劳的人

[阿富汗]乌尔法特

一个瞎子在路上走。另外一个人过来把他引上正路。可是瞎子却不知道他的指路人是谁。

一个人正在酣睡。忽然一条毒蛇昂着头向他爬了过来。另一个人赶过来一刀把毒蛇杀死。可是酣睡者却依然在梦中。

当半夜时分,躺在清真寺里生病的旅行者发出沉重呻吟的时候,有一个人一直服侍他到天明。清晨,旅行者死了。可是他到底也没认清这位帮助他的人是谁?

他走在路上,把水果送给孩子们;在沙漠中把水送给了渴得要死人;把自己的干粮平分给饥饿者。可是,谁也不与他相识。

他把荆棘和碎石从大路上除掉。可是,早晨当人们在这条大路上行走的时候,谁也不知道这是他干的。谁也不认识他。

真的,我们真的不认得那些为我们服务的人们。可是,我们对于那些达官贵人们却认识得这么清楚!

论天然贵族

[美国]杰斐逊

托马斯·杰斐逊（1743—1826）为美利坚合众国第三任总统（1801—1809）。同时也是美国独立宣言（1776）主要起草人，及美国开国元勋中最具影响力者之一。杰斐逊曾为第二任弗吉尼亚州州长（1779—1781）、第一任美国国务卿（1789—1793）与第二任美国副总统（1797—1801）。除了政治事业外，杰斐逊同时也是农业学、园艺学、建筑学、词源学、考古学、数学、密码学、测量学与古生物学等学科的专家；又身兼作家、律师与小提琴手；也是弗吉尼亚大学之创办者。

——致约翰·亚当斯

我同意你的说法，即人类之中有一种天然贵族。它产生自美德与才干。早先，人的体力和技能决定过贵族的地位；但自从发明了火药，弱者和强者一样都有了杀人的火器，体力和技能也就如同美貌、和善、文雅和其他才艺一样，成为仅仅是决定显贵的次要条件。还有一种是人为的贵族，他们仰仗的是财富和出身门第，既无须美德，也不要才干。因为，具备了后两条也就属于第一类贵族了。天然贵族，在我看来，是大自然赋予人类用来指导、治理和取信于社会的最宝贵的礼物。说实在的，如果上帝只为社会国家创造了人，而未赋予人类足以应付各种社会忧虑的美德和智慧的话，那么其创业的本意就难以自圆其说了。我们是否可以说，那种能够最有效地、毫不掺假地把这些天然贵族选进权力机构的政府才是最好的政府。

人为的贵族是政府中颇惹麻烦的分子，须预先采取措施防范他们的计篡。至于采取什么措施最好，你我意见则有分歧。当然，这是两个理性朋友之间的意见分歧，我们既充分各抒己见，又彼此宽容错误。在你看来，最好把那些假贵族放到一个单独的立法院里。他们在那里一方面会受到同级其他机构的制约而不致制造麻烦，同时亦可起到保护财富的作用，使之免受多数人的农业和掠夺性企业的侵害。我则认为，为防止这种人生惹麻烦而把权力交给他们，无疑是武装他们去干坏事，只会增添而不是消除危害。因为，若是同级机构制约得了他们的行为，他们同样也能制约同级机构的行为。麻烦可以是消极的，也可以是积极的。关于这一点，合众国参议院的一个秘密小组可以提供大量的证据。我也不认为保护富人非得他们不可，因为总会有足够数量的富人进入每一个立法机构，足以保护他们自己。从我们的十五到二十个立法部门过去三十年的工作情况看，大可不必担心财产的平均化。我想，最好的解决办法还是各州宪法中所规定的，让公民实行自由选举，他们会去伪存真，把真假贵族区分开来。一般说来，他们会选举那些真正优秀和聪明的人；某些情况下，财富可能会起腐蚀作用，门第也会蒙蔽人们的眼睛。然而不致达到危及社会的地步。

一定程度上讲，我们的分歧很可能是由于各自生活在性格特点不同的人们中所造成的。从我在马塞诸塞和康涅狄格两州所见（更多的是所闻），以及从你本人对于前者（你是那样熟悉他们）的评语来看，那里好像有一种对某些家族的传统的崇敬。这种崇敬使得那些家族几乎可以像世袭一样把持政府的职位。我推测，在你们历史的早期，那些家族的成员大概适巧都是些具有美德与才干的人，他们竭诚地为人民的利益而行使职权，并以他们的服务赢得了人民对他们名字的好感。

在弗吉尼亚州经我手拟定的法律试图根除这种假贵族。若是我所草拟的另一项法案也获得议会通过的话，我们的工作就完善了。这是一项主张更加普及教育的法案。它建议将每个县划分成若干五六平方英里大小类似你们的镇的小区，并在每个小区里设立免费学校，教授阅读、写作和普通数学等课程。每年从这些学校选拔最优秀的学生，他们可以公费到地区学校去接受高一级的教育，然后再从这些地区学校里挑选出一定数量最有培养前途的人，送到大学去完成教育，大学里应当教授所有有用的科学。如此，便不难从生活的各个阶层选拔出真正有价值、有天赋的人才，使之受到完整的教育，去击败财富和门第的竞争，赢得公众的信任。

说起贵族，还应当考虑到，在北美各州建立之前的历史上是找不到的，那时有的只是来自旧大陆的移民，他们囿于狭小或过分拥挤的空间里，身上沾满了那种环境所产生的种种恶习。为适应这种人而设立的政府是一回事，为北美各州人民服务的政府完全是另一回事。

即使在欧洲，人们的思想也发生了明显的变化。科学解放了读书与思考的人们，美国的榜样激发了人们的正义感。于是，科学、才干和勇敢起而反叛等级和门第，使它们威名扫地。虽然，由于未能将用来实现这一壮举的城市群氓（他们因愚昧、贫困和恶习而堕落成性）的行动控制在理性的范围内，反叛的初次尝试失败了，但是，世界将会从这第一次灾难的惊恐中恢复过来。科学在进步，有才干和进取的人们已动员起来。也许还会把乡村的民众也动员进来，他们笃信、顺从，是一支较易驾驭的力量。即使在乡村，等级、门第和徒有虚华外表的假贵族，也终将变得一文不值。

我这样就用你的分歧阐述自己的看法，并非是要挑起争论。你我都老了，谁也无力改变对方经过一生追求与思考所形成的观点。我不过是依照你在前面一封信中所提出的，即我们两人在死前应当彼此向对方说明白自己的观点。

君 主

[美国]门肯

> 亨·路·门肯（1880—1956），作家，评论家。生于巴尔的摩，17岁开始在地方报纸工作，后任《先驱晚报》编辑，《时髦圈子》文学评论作家，一次大战时曾任《太阳晚报》驻德国战地记者。门肯的影响主要通过1924年与乔治·让·纳桑合办的《美国信使》月刊。门肯写过剧本，发表过论萧伯纳和尼采的专著。他最重要的学术著作是《美国语言》（1919），论述英语在美国的发展。他的评论主要收入六卷本《偏见集》（1919—1927）。

　　人在世间所能得到的最宝贵的财富也许就是那种理所当然的优越感，这是一种表现为傲慢和冷峻的才能。大多数人对它的印象一直极为深刻，他们心悦诚服地承认：谁拥有这项财富，谁就能证明自己具有真正的美德。要想获得大多数人的尊敬，只要对他们极端蔑视就是了。人们天生的愚昧和畏怯使他们对于出现的任何首领都唯命是从；他们最赞赏首领们的举止风度，认为那正是一位首领的外部标志。这就是关于君主制度为什么总能一次次逃脱灭亡的命运而苟延残喘至今的正确说明。有一种流行的理论（至少在美国有这种看法）：君主制度是自上而下强加在普通老百姓身上的一种灾祸——君主在没有得到人民赞同的情况下违反他们的意愿，硬把这种制度强加于他们。这种理论缺乏任何事实根据。君主不是由他们自己而是由人民创造的。人民有一种根深蒂固的需要。他们总想对什么东西无限崇敬、弯腰鞠躬和紧跟服从，君主只是把一切第三流人物（这里指的是占人口百分之九十的芸芸众生）的这种需要具体化而已。

君主的事业开始出现危象不是在他们伸手攫取更大权力之际，而是在他们开始放弃权力之时。在沙皇把俄国管理得像座罪犯教养院的时期，他的御座是十分稳固的，但是当他一旦向自由思想让步，例如解放农奴和创建立宪制政体，他们的丧钟就敲响了。人们把这种让步看做是君主们虚弱的表现；他们开始有点儿发觉：归根结底，沙皇并不真比普遍人优越。于是他们转而追随其他反对派首领，这些首领都像当年的沙皇那样专断自信，随着时间的推移，他们受到激励，起来造反了。这些首领（至少其中两三位最坚强、最大胆的人是这样）的治国之道恰恰正是君主制度兴旺时期所实行的那一套。那就是：掌握并行使压倒一切的权力并要人们承认他拥有一贯正确的智慧。历史将会证明：他们放松自己权力的那一天就是他们走向没落之时。有朝一日，当他们承认（甚至只要稍作暗示）他们仅仅是人而不是神，那么普通老百姓就会转向他们的对立面。

远和近

[美国]沃尔夫

> 托马斯·沃尔夫（1900—1938），小说家。生于北卡罗来纳，大学期间即写剧本并演出，后在哈佛大学专学剧本写作；1926年开始写小说。沃尔夫短短的一生留下四部具有自传性质的小说，其中最杰出的作品是《天使望故乡》（1929）。另外三部分别是《时间与河流》（1935）及死后出版的《罗网与磐石》（1939）和《你不能再回家》（1940）。他的作品虽以亲身经验为根据，但写得热情奔放，人物生动，颇有浪漫主义风格。

一个小镇，坐落在一个从铁路线连绵而来的高地上。它的郊外，有一座明净整洁装有绿色百叶窗的小屋。小屋一边，有一个园子，整齐地划成一块块，种着蔬菜。还有一架葡萄棚，到了八月底，葡萄就会成熟。屋前有三棵大橡树，每到夏天，大片整齐的树荫，就会遮蔽这座小屋。另一边则是一个鲜花盛开的花坛。这一切，充满着整洁、繁盛、朴素的舒适气氛。

每天下午两点过几分，两个城市间的特快列车驶过这里。那时候，长长的列车要在镇上附近暂停一下，然后又平稳地起步前进，但是它的速度还没有开足时那么惊人。在机车有力的掣动下，眼看它不慌不忙地从容驶去，沉重的车厢压在铁轨上，发出低沉和谐的隆隆声，然后消失在弯道中。在一段时间里，在草原的边缘上，每隔一定间距，汽笛吼叫，喷出一圈圈浓烟，可以感觉到列车行驶的痕迹。最后，什么也听不见了，只剩那车轮的坚实的轻轧声，在午后的寂静中悄然隐去。

二十多年来，每天，当列车驶近小屋时，司机总要拉响汽笛。每天，一个妇人一听到鸣笛，便从小屋的后门出来向他挥手致意。当初她有一个小孩缠着她的裙子，现在这孩子已长成大姑娘，也每天和她母亲一起出来挥手致意。

司机多年操劳，已经白发苍苍，渐渐变老了。他驾驶长长的列车载着旅客横贯大地已上万次。他自己的子女都已长大了，结婚了。他曾四次在他面前的铁轨上看到了可怕的悲剧所凝聚的小点，像颗炮弹似的射向火车头前的恐怖的阴影——一辆满载小孩子的轻便马车和密密一排惊慌失措的小脸；一辆廉价汽车停在铁轨上，里面坐着吓得目瞪口呆状若木鸡的人们；一个又老又聋的憔悴的流浪汉，沿着铁路走着，听不到汽笛鸣声；一个带着惊呼的人影掠过他的窗口——所有这些，司机都历历在目，记忆犹新。他懂得一个人所能懂得的种种悲哀、欢乐、危险和辛劳。他那可敬的工作，仿佛风刀霜剑，在他脸上刻下了皱纹。现在，他虽已年老，但在长期工作中养成了忠诚、勇敢和谦逊的品质，并获得了司机们应有的崇高和智慧。

但不管他见识过多少危险和悲剧，那座小屋，那两个妇女用勇敢从容的动作向他挥手致意的景象，始终印在他的心里，看做美丽、不朽、万劫不变和始终如一的象征，纵使灾难、悲哀和邪恶，可能打破他的铁的生活规律。

他一看到小屋和两个妇女，使他感到从未有过的非凡幸福。一千次的阴晴明晦，一百次的风雷雨雪，他总是看到她们。通过冬天严峻单调的灰蒙蒙的光线，穿过褐色冰封的苍地，他看见她们；在妖艳诱人的绿色的四月里，他又看见她们。

他感到她们和她们所住的小屋无限亲切，好像父母对于自己的子女一样。终于，他觉得她们生活的图画已深深地印在他的心中，因而他完全了解她们一天中每时每刻的生活。他决定，一旦他退休了，他一定要去找她们，最后要和她们畅谈生平，因为她们的生活已经和他自己的生活深深交融在一起了。

这一天终于来到了。最后，司机在她们居住的小镇的车站下了车，走到月台上。他在铁路上工作的年限已经到了。他目前是公司领取养老金的人，没有工作要做了。司机慢慢地走出车站，来到小镇的街上。但所有的东西对他来说都是陌生的，好像他从未看到过这小镇似的。他走着走着，渐渐感到迷惑与慌乱。这就是他经过千万次的小镇么？这些是他从高高的车厢窗口老是看见的房子么？一切是那么陌生，使他那么不安，好像梦中的城市似的。他越向前行，他的心里越是疑虑重重。

现在，房屋渐渐变成小镇外疏疏落落的村舍，大街也渐渐冷落，变成一条乡村的小路……两个妇女就住在其中一所村舍里。司机在闷热和尘埃中沉重地慢慢走着，最后他站在他要找寻的房屋前面。他立刻知道他已经找对了。他看到了那屋前高大的橡树，那花坛，那菜园和葡萄棚，再远，那铁轨的闪光。

不错，这是他要找寻的房子，这地方他经过了不知有多少次，这是他梦寐以求的幸福的目的地。现在，他找到了，他到了这里，但他的手为什么在门前却抖了起来？为什么这小镇、这小路、这田地，以及他所眷恋的小屋的门口，变得如此陌生，好像恶梦中的景物？为什么他会感到惆怅、疑虑和失望？

他终于进了大门，慢慢沿着小径走去。不一会儿，他踏上通向门廊的三步石级，敲了敲门。一会儿，他听到客厅的脚步声，门开了，一个妇女站在他面前。

霎时，他感到很大的失望和懊丧，深悔来此一行。他立刻认出站在他面前用怀疑的眼光瞧他的妇人，正是那个向他千万次挥手致意的人。但是她的脸严峻、枯萎、消瘦；她那皮肤憔悴、灰黄，松弛地打成褶皱；她那双小眼睛，惊疑不定地盯着他。原先，他从她那挥手的姿态所想象的勇敢、坦率、深情，在看到她和听到她冷冷的声音后，刹那间一股脑儿消失了。

而现在，他向她解释他是谁和他的来意时，他自己的声音听来却变得虚伪、勉强了。但他还是结结巴巴地说下去，拼命把他心中涌出来的悔恨、迷惑和怀疑抑制下去，忘却他过去的一切欢乐，把他的希望和爱慕的行为视同一种耻辱。

最后，那妇人十分勉强地请他进了屋子，尖声粗声地喊着她的女儿。在一段短短的痛苦的时间里，司机坐在一间难看的小客厅里，打算和她们攀谈，而那两个女人却带着迷茫的敌意和阴沉、畏怯、抑郁、迟钝的眼光瞪着他。

最后他结结巴巴生硬地和她们道别。他从小径出来沿着大路朝小镇走去。他忽然意识到他是一个老人了。他的心，过去望着熟悉的铁路远景时，何等勇敢和自信。现在，当他看到这块陌生的，不可意料的，永远近在咫尺、从未见过，从不知悉的土地，他的心因疑惧而衰竭了。他知道一切有关迷途获得光明的神话，闪光的铁路的远景，希望的美好小天地中的幻想之地，都已一去不复返了，永不再来了。

《航行在海浪上》

[墨西哥]内尔沃

> 亚马多·内尔沃（1870—1919），著名小说家、散文家和诗人。曾攻读法律和宗教。所受的宗教教育在他的文学创作中留下深刻痕迹。1905年获得一项外交职务，定居马德里，1918年后任驻阿根廷和乌拉圭公使。内尔沃的创作颇为丰富，他的作品全集于1920年至1928年在马德里出版，共计11卷。其中《黑珍珠》（1898）和《后花园》（1905）具有近似法国象征主义的纯粹现代主义风格；《平静》（1912）中出现了深刻的内心世界的展示。他的重要作品还有长篇小说《莲花池》（1919）。

一个星期天黄昏的船上，巨大的轮船像一只灰色的巨鸟令人厌倦。天气寒冷，夜幕已垂。夕阳在沉入海水之前，像一只光彩夺目的红球一样把自己拉长，仿佛急于去吻那波浪。在紫红色的圆球临近模糊的蓝色海面时，黄昏的海浪呈现出斑斓多彩的景象。

几位爱尔兰人在甲板上伴随着音乐跳舞。我们已经接近昆斯敦。一时被黄昏的阳光撕破的爱尔兰运河的雾气笼罩着我们。

突然，一架手风琴的喘息的、痉挛的、令人厌烦的音调在此刻低沉的波浪声中回荡起来。

演奏的是一支柔绵而哀婉的华尔兹。这支华尔兹是胡文蒂诺·罗萨斯的《航行在海浪上》。爱尔兰的冷漠遇到了这种美丽的乐曲，舞姿并不优雅的金发女郎们在被咸水打湿的甲板上随着节拍单调地滑动，动作愈来愈快。

《航行在海浪上》！……我想起了那位不幸的音乐家。在一个沉闷的黄昏，在肮脏的圣安尼塔运河的船上，他看到平原上的微风掀起一层层黝黑、污秽的波浪，于是我想起了使他在一切城镇名声大振的那些激起快感的和忧伤的旋律。我还想起了成为他那些美丽乐曲的灵感的平常的葡萄酒，想起了一位急于跨过我们的石青色大山的肥胖的克里奥约缪斯，想起了那位被埋没的青年音乐家的贫寒一生：如果在别的国家别的环境，他也许会成为一名施特劳斯或一名瓦尔德陶弗尔。我顿时感到一阵忧伤，心情像轻轻拍击船身的海水那么苦涩。

数月后的一个夏日午后，我在1900年罗马尼亚博览会酒吧慢条斯理地喝着冷饮。那样的下午像没有尽头的黄昏一样无限地拖延着。

酒吧的乐队名扬四海，因为由吉卜赛人的魔术师演奏的小提琴和中提琴如泣如诉，一把拉得特别好的大提琴发出沉重的呻吟，一把木琴嗡嗡作响……是的，那是乐手们使用的一把危地马拉木琴或恰帕斯木琴，捷克语的意思是来自拉古萨的乐器。

突然，一支华尔兹在那个懒洋洋的下午和无忧无虑的心灵发生了共鸣：它也是《航行在海浪上》。我想起，当一位英国女士拿出一个金路易奖给乐团指挥请他再演奏一遍时，热烈的气氛达到了顶点。

在离酒吧不远的地方，在世界各国的国旗中，墨西哥的国旗飘扬在简朴的墨西哥使馆的建筑上。那是胡文蒂诺·罗萨斯的旗帜！

可怜的音乐家！……我又想起那位女士为听他的华尔兹拿出的那个金路易在他心中、在巴黎的心中和在召集所有的人参加的比赛会上激起的异乎寻常的欢乐情绪；我不禁又一次感到心酸。

后来，在那样一个下午，秋天的西洋丁香和玫瑰已经苍白。我在意大利大街一家咖啡馆里喝一杯开胃饮料，同时观赏着拥满人行道的漂亮小姐和花花公子们络绎不绝地走过。这时，一阵我早就耳熟的旋律惊醒了我的听觉。乐队在演奏《航行在海浪上》！

华尔兹结束后，我走向钢琴手。那是个穿黑衣服的姑娘，面颊消瘦，以色列人的鼻子上架着一副金框眼镜。

"这支华尔兹是谁作的？"我问她。

"是……（她说了一个法国人的名字，我记不得了），一位非常有前途的年轻音乐家。"

可怜的胡文蒂诺！你这么有名，人们却不知道你的名字。

像往常那样，我再次感到不胜悲哀。

再后来，在蓝湖畔上的明亮的苏黎世音乐厅。那个夜晚，满天星斗在平静的湖水里颤动，我在邻近音乐厅的公园里一棵树下的长凳上打盹儿。就在这时，一支华尔兹的缓慢序曲传来，成了我睡意蒙眬的催眠曲。

不过，这一次在节目单上有胡文蒂诺的名字。比巴黎人慈悲的德国人把他的荣誉的用益权保护了起来。

在刺绣着半圆形沙滩边上的万盏灯火——仿佛堆放在钻石马蹄铁上的巨型紫晶——的丝绒湖畔上，那种充满热带（我指的是遥远的祖国和可怜的作曲家）懒洋洋的情调的旋律不禁再度使我感到痛苦。

瓦格纳说，音乐伤人。所伤的恰恰不是我们的头脑，而是可以称为"梦幻器官"的东西。由于这种梦幻器官在外部印象——头脑至少暂时完全对之关闭——的支配下不活动，其作用无疑应该在机体内部产生并在我们清醒的意识中以神秘的和模糊的感觉的形式表现出来。

这种模糊和神秘的感觉总是根据内地的景物和胡文蒂诺的悦耳的华尔兹以不同的形式在我身上产生。这就是我的感受，仿佛尚且幼小的、软弱的、雏形的和悲苦的、只具有山脉、丛林、新生的种族和情感脆弱的含糊言语开始形成的妩媚的祖国的一片灵魂：被柔软的手弹拨的灵魂，染着光辉的颤抖的波浪的灵魂，远方神秘的星斗的灵魂……

阿拉孔其人

[墨西哥]雷耶斯

> 阿尔丰索·雷耶斯（1889—1959），著名哲学家、外交家、诗人、小说家。生于蒙特雷伊市，毕业于大学法律系，1914—1927侨居西班牙和法国，后任驻阿根廷和巴西的外交使节。回国后创办"西班牙之家"和"国立学院"，主持墨西哥科学院工作，曾被推荐为诺贝尔文学奖候选人。雷耶斯的著作极其丰富，其全集多达30卷。最主要的有：《阿纳华克视野》（1917）、《歌德的政治思想》（1937）、《最后一颗水仙》（1942）、《文学经验》（1942）、《划界：文学理论序言》等。

那天，我们想起了索尔·胡安娜。她和鲁伊斯·德·阿拉孔是墨西哥两位著名的胡安。阿拉孔生于16世纪末，出身名门，但并非富有。他在墨西哥和西班牙度过他的学生生活，后来回到墨西哥，在墨西哥结束法律专业的学习。最后他又返回西班牙，成为"宫廷职位的谋求者"。但是等了十年多才得到西印度会议文书的职务。

与此同时，他开始写喜剧——据他说，这是美好的感情的需要。命运，甚至身体上的缺陷烦扰着他：他胸凹背驼，身材瘦小，缺乏风度。但是他没有气馁，在舞台上用经典的格言回答马德里那帮放纵的文人们的嘲笑。

他是蒂尔索·莫利纳的朋友，彼此几度合作。同洛佩·德·维加的友谊始终如一。在观众中和宫廷里，他都深受欢迎。但是在他的文学界的朋友中间，他却吹嘘自己是高贵的西印度人，加上他那驼背的形象，这为他招来了残忍的嘲讽。甚至他那种墨西哥人和威严的外省人特别讲究的礼节在那个喧闹的世界也显得不谐调。更不用说他那种严肃庄重的、戏剧特有的语调了。在疯狂的家庭里，他是个有理性的革命者。采取这种态度必须有巨大的勇气，这其中要冒孤立自己的危险。

他虽然写了若干平庸的旧诗，但不追求抒情诗人的桂冠。他的作品以戏剧见长，其喜剧在一定程度上超出了他的时代，超越了国界，以《可疑的真相》——他的剧作中最流行最受欢迎的一部——影响了高乃依的戏剧，高乃依在《撒谎者》中对《可疑的真相》做了解释。通过高乃依的这部剧作还对莫里哀的戏剧创作产生了影响。在西班牙，他虽然是个闻名遐迩的剧作家，却不能说他留下了什么传统。他的声音似乎像小调，是弱音。伟大的洛佩·德·维加以来的其他戏剧家虽然有时把剧中人的心理处理作为表现人物荣誉的基本机器或者表现剧情或"高潮"的方便工具，但是却以其丰富的创造和抒情的力量卓然超群。阿拉孔却更关心人物行为的真正问题，可以说他不善于创造，更不善于抒情；其剧作是风俗喜剧。

他写的对白达到了无与伦比的完美程度；他的人物很少歌唱，不是浪漫意义上的"英雄"，从来不飞离大地，经常讲话，是人间的人，脚踩大地的人（至少在最典型的阿拉孔喜剧中是这样，因为他阅历丰富，是能够写其他剧本的）。所以人们说，在黄金世纪的戏剧家中，阿拉孔是最"现代的"；他在一定程度上预告了一个世纪后的70年代崛起的"乐趣改革者"们的出现。他的戏剧中没有悲剧高潮，而几乎只有围绕道德问题进行的心平气和的讨论。这些讨论谨慎而没有个人野心，所以不止一次变成纯粹礼貌的探讨。

观察的才能，某些对白的内心平静，表现人物性格时从不夸张地描摹，关于善良的说教，把理性作为行动的唯一准则的信念，在生活和思想的一切方面对等级的尊重，是他剧作的突出特点。他的人物都是和蔼可亲的邻居，晚上休息的时候或日落前在面对曼萨纳雷斯河的走廊下跟他们聊一聊是很愉快的。

这一切都说明，阿拉孔稍微——仅仅是稍微，（因为他从来也不偏激）——离开了洛佩为他的时代的戏剧制订的规则。所有的剧作家都是即兴创作者。他都不慌不忙，很有耐心，充满对艺术的意识。别人都在天才的推动下不顾常规，甚至把一切都干得似了非了。阿拉孔却竭力把自己同他的主题的内部需要系在一起，锲而不舍，直到达到那种奇妙的感情，使他的诗句——尽管不是抒情的或缺乏音乐感——变成一种可以理解的快乐和结构完美的范例。有的人写了不计其数的喜剧，阿拉孔却仅仅写了24部。

他一得到他所追求的职位，就完全放弃了文学活动，与世无争地远离了"缪斯们的鸡栏"。据一位意大利旅行家讲，完全献身于西印度的事务的阿拉孔，为了巧克力而忘记了珍馐佳肴，为了他办公室的公务忘记了文学。他去世时已经有了马车和佣人，生活可能比较幸福，尽管为放弃的东西感到悲哀。当时的一位代人执笔写信的人为他写了这句可能含有恶意的话作为墓志铭："以其喜剧也以其驼背闻名的阿拉孔没世了。"

今天，我们可以说，他是从我们中间涌现的第一个世界性的声音。由于他，墨西哥终于突破无情的殖民地海关，第一次在世界面前讲话了。

回忆与怀念

[墨西哥]鲁尔福

胡安·鲁尔福（1918—1986），著名作家。生于哈利斯科州阿布尔科一个没落庄园主家庭，幼年父母双亡。17岁时弃学从业。1942年与友人创办《美洲》杂志，在该刊上发表处女作《生活本身并不严峻》。鲁尔福的文学作品主要有两本：短篇小说集《烈火中的平原》（1953）和中篇小说《佩德罗·帕拉莫》（1955）。作品打破时空限制，把不同时间、地点发生在不同人物身上的事件放在一个画面上来表现，被称为拉丁美洲魔幻现实主义流派的经典之作。

　　为了写作，我需要脚踏实地，需要找到自己的位置。任何事情，我都必须把它放置在一个地方，以便赋予它生命。一旦它有了生命，我就要跟随着它。这样我就被领上了一条条我不知道的路。

　　跟我写的东西有关的景物是我童年时代的土地，那是我记得的景物。是我生活过的那个村庄给了我写作的气氛。置身在那个地方，我觉得对那些不存在的或者也许存在的人物是熟悉的。

　　我非常怀念我的童年和小时候住过的地方。对那些年代的怀念永远不会消失。后来，当你生活在现实中、面对生活时，我们会很不情愿地看到，事情并非像你原来认为的那样。你遇到的是另一种现实。怀念是一种冲动，使你回忆起某些事情。一心想回忆那些岁月，这就逼使我写作。"我得对你们讲讲那些事情，我来自某个诸位不知道的地方，不过我可以对你们讲述那个地方发生的事情。"

在少年时代，我在首都感到孤独，非常孤独。那时无依无靠，感到绝望，跟别人缺乏往来。这一切迫使我写作。我需要回忆那些事情，以便让它们同我自己发生联系。那时候我写了第一部关于孤独的长篇小说。但我把它销毁了，因为写得太咬文嚼字，形容词太多。我们所受的西班牙影响很明显，我们过去读的西班牙文学作品十分雕琢，是一种过分刻意求工的装饰品，苍白无力。我觉得这有点荒唐，很应该否定。直到本世纪初拉美文学依然落后，恐怕原因就在于此。我想直截了当地讲，一针见血地讲。我憎恨这种文学，是出于对清规戒律加于它的干瘪乏味感到不满。也许因此，作为一种抵制我才采用朴实的人物，村镇的人物，乡下的人物，而不用城市人物。

对我来说，城市并不说明什么，尽管我在一个城市里生活了40年。我曾跟所有那些知识分子在一起；跟他们在一起实际上觉得纯粹是一种徒劳的、无益的、不深入的争论。我童年时代的人物是朴实的，他们的表达方式也是朴实的。也许因此，我写作时用的词汇才那么贫乏，甚至可能是头脑简单的人的词汇。

当我回到童年时代的村庄时，我看到的是一个被遗弃的村子，一个鬼魂的村子。在墨西哥，有许多被遗弃的村庄。于是我头脑里就产生了创作《佩德罗·帕拉莫》的念头。是一个这样的村庄给了我直接描写死人的想法：那里住着可以说是即将死去的生灵，仍然活着的生灵。小说写的是一个村庄的故事，在那里说话的、生活的、活动的人物，都是死人。事实是，死人是不会生活在时间和空间里的。生命的问题是时间。我认为生命并非是按照时间顺序前进的过程，我们的生活是分为片断的。有一些时刻，有一些日子，是空白。生活不是奇妙的，但是它充满了奇妙的事情。生活不是完整的，而是划分为片断的；它充满了事件，但不是一个事件。我们不是生活在一个连续不断的过程中，有时若干年也没有发生什么事情。当进行描写时，就只叙述事实；当没有发生什么事情时，就保持沉默，就像在生活中那样。只需保留某些时代，一种永恒的时间，一种永恒的现在。《佩德罗·帕拉莫》就是一部充满沉默的小说，只有那些事实得到了叙述。我竭力不要离题，不讲哲理，所以才有那些悬空的头绪和空白，读者可以去填补，可以按照自己的意愿去解释。我很希望有很多种解释。没有任何观点的倒是我自己。

在墨西哥城的最后几年，我感到有点孤独，有点孤僻，有点离群。几代新作家占据了一切。甚至出现了一种"职业文学"，必须用时髦的方式写作。人们写了那么多小说，像火苗，像火焰。作家不得不写另一种小说，以便冲淡前一种。所以他就失败了，谁也不再记得他。在我的同代作家中，其作品也许少一点，但是他们还存在。今天使用的语言，每个季节都会过时。这个世界和我格格不入。所以你会感到有点被排斥在外，使你感到能够发表的东西也许已经陈旧过时了。让你觉得已经丧失了写作的激情，觉得被人冷落了。

在我生活的时代，几乎没有出版社，出一本书非常困难；即使能出，印数也很少。《佩德罗·帕拉莫》出版后，谁也不理解，只出了两千册，我不得不把一半送人。今天的出版社出的书刊数量十分可观。不过，这一切的好处和坏处是什么呢？这一切怎么阅读呢？怎么可以写这么多毫无内容的东西呢？真叫人困惑不解。20多年前我是墨西哥作家中心的会员，我在那里看到过好几代作家。我记得我们看到一部空洞无物的作品，后来突然出版了。

一个作家相信自己随着岁月的推移获得了经验。当时的那种情况在一定程度上为我的写作和出版带来了困难。不是我辍笔不写作了，我仍在写我没有完成的东西。在整个那种局面下，我觉得有点孤独。当然，一个人所做的事情，并不是他认为没有价值，不使人感兴趣。但是他并不渴望出版，甚至在某种程度上丧失了写作的冲动。就像有人讲的那样，在整个这一群多似蚂蚁的作家中，我们等待着让狼过去，让狼群过去……

新老游戏杂谈

[古巴]马蒂

何塞·马蒂（1853—1895），著名诗人、新闻家和民族英雄。生于哈瓦那一个贫苦的军人家庭，中学时代即参加进步政治活动，立志为革命和文学献身。马蒂一生创作了大量诗歌，但仅仅结集出版了《伊斯马埃利奥》（1882）、《自由的诗》（1878—1882）、《流放的花朵》（1885—1887）和《纯朴的诗》（1891）等几本。

现在，美国有一种十分新奇的游戏，叫安驴尾。夏天，当你听见谁家传来哈哈大笑的声音，那就是在玩安驴尾游戏。不单是孩子们玩，成年人也玩。这种游戏的玩法是很简单的。在一张大纸上或一块白布上画一头驴，大小和狗差不多。可以用木炭画，就是在土窑里用木柴烧的那种炭。用毛笔蘸上墨也可以画驴，因为不必把驴子的全身都画黑，只要用线条把驴的轮廓勾出来就行了。而且只画驴头、驴身，不画尾巴。尾巴要在一小张纸或一块布上画，然后剪下来，要让尾巴跟真的一样。这样就可以玩了：把尾巴安在它应该在的地方。但是要想安对地方可不容易，因为玩此游戏的人要把眼睛蒙起来，还要让他原地转三圈，然后让他自己走。他摸索着去安尾巴，大家克制着别笑出来。有人会把尾巴安在驴蹄上，有人会安在肚子上，有人会安在头上。还有人会安在门板上，以为驴就在那上面。

据说这种游戏在美国是新出现的，以前不曾有过；但是它并不特别新。特别新的游戏是另一种，叫"蒙瞎瞎"。这种游戏很有意思；现在的孩子跟从前的孩子一样玩；从没有见过面的国家的人会玩同样的游戏。人们常常提起两千年前生活的希腊人和罗马人；但是罗马的男孩子喜欢玩球，这跟我们一样；希腊的女孩子喜欢玩披着真头发的洋娃娃，跟现代的女孩子一样。希腊的女孩把洋娃娃放在当时被尊为女神的狄安娜雕像前，因为希腊人也相信天上有神，所以女孩对狄安娜祈祷，恳求她让她们好好地活着，让她们长得永远美丽。当然，所谓的狄安娜是从来也没有的。希腊人在优美的诗中或通过宗教游行和圣歌祈求的其他神也一个没有。希腊人和一切新出现的民族一样，认为他们是世界的主人，就像孩子们那样相信；由于他们看到阳光和雨都来自天空，土地会长出小麦和玉米，山上有可以吃的鸟儿和动物，所以他们要祈地、祈雨、祈祷山和太阳，给它们取男人和女人的名字，把它们画成人的样子，因为他们相信它们也会思考和懂得爱情，应该具有跟他们一样的形象。狄安娜就是山林女神。在巴黎的卢浮博物馆里有美丽无比的狄安娜的雕像：狄安娜正带着她的狗打猎。形象惟妙惟肖，酷似行走。她的腿非常像男人的腿，为了是让人们明白这位女神很善于走路。希腊的女孩对她们的洋娃娃爱不释手，死后也要洋娃娃随葬。

所有的游戏都不比铁球、洋娃娃、板球、皮球、秋千和跳远那么古老。"蒙瞎瞎"也不那么古老，尽管大约一千年前法国就玩这种游戏。当孩子们被蒙上眼睛时，他们并不知道当初这种游戏是由法国的一名非常勇敢的男士开始的。有一天在搏斗时他的眼睛失明了，但是他不肯放下剑也不让人给他医治，直到壮烈地死去：他就是科林·梅拉德。后来国王下令在进行这种名叫比赛的游戏时，必须有一位男子将眼睛蒙起来，好让法国人不要忘记那位勇敢的斗士。这种游戏就是这么来的。

但是亨利三世的朋友们用来开心的那种娱乐却很不像男子汉做的事情。亨利三世也是法国国王，但是他不像后来的亨利四世即纳瓦拉国王那么勇敢和豪爽，而是个像女人一样热衷于梳洗打扮、搽脂抹粉、把胡子修得尖尖的可笑的男人。他的朋友们这样消磨着生命：玩乐并出于忌妒同宫廷中的小丑们争斗。那些小丑则憎恨他们这些游手好闲之流，常常当面指责他们。不幸的法国处在贫困之中，劳动人民交付着巨额捐税供国王和他的朋友们购置金柄剑和绸缎衣服。那时没有报纸讲真话，宫廷小丑就起着报纸的作用。国王不仅让小丑们在宫廷里供他开心逗乐，而且让他们调查发生的事情，并把真相告诉绅士贵族们。小丑们像讲笑话一样向贵族和国王本人禀告事情的真相。这些小丑几乎总是一些丑陋的、或特瘦特胖的、或弯腰驼背的男子。西班牙萨马科伊斯面的一幅群丑图是世界上最悲哀的作品之一。那些不幸的人都在期待着国王的召唤，准备穿着带角带棱带铃铛、颜色像猴皮或鹦鹉的衣服去逗国王开心。

那些赤身裸体跳棍棒舞的黑人倒比他们幸运得多。跟孩子们一样，成人偶尔也需要较多地跑跑，开心地笑笑，大叫一番，蹦跳一阵。因为在生活中不能够做你想做的一切事情，而剩下来没有做的事情有时会让你发疯。摩尔人有一种赛马节日，叫"范塔西亚"。西班牙另一位画家即不幸的福尔图尼把这种节日画得极好。画上的摩尔人骑着跟他们一样疯狂的马飞奔入城，同时卧在马脖上发射着长铳。他们吻着马儿，咬着马鬃，跌下马来仍不停地奔跑，重新跃到马背上去。他们吼叫着，胸膛仿佛裂开了似的。空中弥漫着黑色的硝烟。

世界各国的人，无论白人还是黑人，日本人还是印第安人，都需要干一种美丽而勇敢的事情，危险而生动的事情，就像新西兰的黑人跳的那种棍棒舞。新西兰天气炎热，黑人个个躯体优美，就像那些经常步行的人一样。黑人也很勇敢，就像跳棍棒舞一样无畏地保卫自己的土地。他们顺着绳子爬上爬下，抓着绳头向上盘绕到半空，然后突然滑下来。他们像打秋千似的让绳子摆动，用一只手抓着绳子，或用牙齿咬着绳子，或将一只脚缚在绳子上，或把双膝绑在绳子上。他们还像球一样用身体撞一根柱子，让柱子把他们弹回来。他们彼此面对面地高声叫喊，互相拥抱。

西班牙人来到美洲的时候，墨西哥的印第安人也跳那样的棍棒舞。墨西哥印第安人玩的游戏非常美。印第安人既懂礼貌又勤劳，不知道什么是火药和子弹，跟科尔特斯的士兵不同。但是他们的城市就像用白银造的，他们加工的白银像镶嵌细工，特别精致，像最好的首饰。他们在游戏中像在工作中那么敏捷，那么奇特。在印第安人中间，那种棍棒舞是一种既十分灵巧又十分果敢的娱乐；因为他们从大约20码高的杆子上往下跳，在空中翻跟头，做体操表演动作，依靠的只是一根绳索。这绳索很细很结实，他们叫它"梅塔特"。据说看到那么惊险的动作会令人颤抖；有一本古书讲，那是"恐怖的、可怕的；使人感到心惊肉跳，极度不安"。

英国人认为攀杠游戏是他们发明的，印第安人只是善于在广场上用一根杠子（抓着一头或中间）或一根棍子炫耀他们的本领。他们玩得非常熟练。卡纳里亚斯群岛上的人身强力壮，他们认为攀杠游戏不是英国人的发明，而是他们岛上的人的发明；是的，应该瞧瞧一个岛上人玩攀杠游戏、做旋转动作的情景。就像角斗一样，在岛上的学校里也教孩子们玩这种游戏。用彩带装饰立竿的舞蹈跳起来很困难：每个人拿一条彩丝带，在立竿上编来编去，打彩结，编织有趣的形象，绝对不能出错。但是墨西哥的印第安人玩这种游戏跟头发更黄的英国人或力气更大的卡纳里亚斯群岛人一样出色。他们不但用它来保卫他们知道的东西，而且用立竿做平衡动作，就像现在日本人和卡维拉部族的摩尔人做的那样。已经有五个国家的人像印第安人那样做了。他们是新西兰人、英国人、卡纳里亚斯岛人、日本人和摩尔人。更不用说掷球了，各国人民都会玩，在印第安人中间是一种让人着迷的运动。他们甚至相信优秀的运动员是从天上降临的，墨西哥的神和希腊的神不同，他们下来告诉他铁球应该怎样掷、怎样接。掷球游戏十分有趣，我们改日再讲。

现在我们来谈谈攀杠游戏和印第安人用它做的平衡技巧。它们都属于高难动作。印第安人躺在地上，就像杂技团的日本人登球或木桶时那样；然后把杠子横放在双脚掌上，杠子上可以站上4个人，比摩尔人的技巧高。因为摩尔人中的大力士让人站在肩上而不是双脚上。印第安人管这种游戏叫"特萨阿"：两个印第安人先爬上木杠的两端，另外两个印第安人再爬到前两个人头上，四个人做许多平衡技巧和旋转动作，绝不会掉下来。印第安人有自己的象棋和杂耍艺人：他们把火焰吞下去，从鼻子里喷出来；不过，这和掷球一样也改日再讲。因为讲什么故事必须按照危地马拉的漂亮女孩奇恰说的做：

"奇恰，你吃这种油橄榄为什么这么慢呀？"

"因为我很爱吃。"

聂鲁达这个人

[古巴]纪廉

尼古拉斯·纪廉（1904—1989），著名诗人、政治活动家。纪廉很早就开始写诗，14岁即出版诗集《心灵与头脑》。1947年，诗人游历南美诸国，创作诗集《完全的"松"》。1958年出版《挽歌集》，其中包括长诗《赫苏斯·梅嫩德斯的挽歌》和《古巴的挽歌》等。1949年纪廉流亡国外，1955年被授以列宁和平奖金。1958年在阿根廷出版诗集《人民的鸽子在飞翔》。1961年起任古巴文联主席。此后问世的诗集有《爱情诗篇》（1964）、《我有》（1964）、《伟大的动物》（1967）等，还写有《通讯集》（1964）和《自传》（1982）。

自打我在西班牙第一次同聂鲁达会见，已经过去23年了。但是那次会见是在墨西哥开始的；那种开始如果不是实质上的，至少可以认为是西班牙痛苦的一种反映。那种痛苦在许多渴望正义的灵魂深处留下了十分深刻的痕迹。

那是在革命作家与艺术家联盟存在的日子里（该团体很有名，但很久以前就解散了）。一天下午，我按照每天的习惯来到位于唐塞莱斯大街的旧楼房。作艺联盟的机关设在那里。胡安·马里内略把这个消息告诉了我：拉法埃尔·阿尔贝帝和巴勃罗·聂鲁达寄来一封信，邀请我们去西班牙参加在马德里、巴塞罗那、巴伦西亚和巴黎举行的第二次世界保卫文明代表大会。

大会的召开迫在眉睫,但是启程却不容易。那时没有空中交通工具,不同于今天。必须从海上走。为了弄到船只,我们经过一番紧张的活动后找到一艘英国船,即"大不列颠女王号"。这艘船短期内将从加拿大魁北克港起航。

于是,我们开始了从墨西哥到那个城市的漫长的陆地旅行,途中在纽约休息了24小时。我们从魁北克乘船到达法国瑟堡港,然后乘火车到巴黎。聂鲁达已在车站上等候。他伸开双臂拥抱我们,同时用他那智利人的抱怨似的声调问了我一大堆关于古巴的问题。

聂鲁达负责邀请拉丁美洲作家参加会议的工作。他不但要欢迎和接待他们,而且要安排他们乘船去西班牙。所以,在我们到达的第二天,他便赶来为我们办理进入西班牙国土的证件。虽然在人民阵线当政时期(最后它被布卢姆出卖了),手续办得仍然令人气愤和恼火。

在西班牙期间,我和聂鲁达总是形影不离,我们一块参加有关拉丁美洲声援西班牙人民的许多活动和反对佛朗哥的斗争。后来,我们还曾在地球上一些彼此相距遥远的地方:古巴、墨西哥、阿根廷、苏联、罗马尼亚、波兰、捷克斯洛伐克、匈牙利、智利等地多次重逢。在德国时,我们一起参加了世界青年联欢节,我们像两位老爷爷一样主持了古巴和智利代表亲密地聚在一起举行的宴会。

我讲这些事情,是想证明我可以像谈论我的一位兄弟一样谈论聂鲁达。我不仅了解他的诗,而且也了解他的内心。聂鲁达总是用他的诗和身心帮助世界各地的人民。他公开对抗贡萨莱斯·维德拉,反对巴蒂斯塔,以此支持他的人民和我们的人民。他站在被投入巴西一座监狱里与世隔绝的普雷斯特斯一边。同样,现在他又站在今年的第46788号囚徒西克罗斯一边。

倘若当代某位诗人可以舒适地在他的祖国或美洲的其他地方为寡头统治服务的话,这样的诗人就是聂鲁达。他的诗引起的世界性的赞美,可以使他感到自命不凡,使他离开人民。但是他不是这样的人。他拒绝接受有毒的、闪光的、骗人的花环,就像拒绝破坏性的有机物质一样。他维护我们美洲的第二次独立战争事业和世界性的维护人的全部尊严的事业。作为诗人,他和工人、士兵站在一起；他的言语是一种像优秀射手掌握的精良来复枪那么有效的武器。

所以今天晚上他在这里，和我们在一起。但不是为了攻击墨西哥，而是为了维护它，帮助它。这种维护和帮助就是为争取阿尔法罗·西克罗斯的获释而工作，就是揭露他遭到监禁是对人权的粗暴侵犯。这种侵犯绝不能针对华雷斯和马德罗的人民。面对这种侵犯，我们可以重复一遍塔利兰德对拿破仑说过的一句话。当时后者刚刚结束了枪杀博尔冯——孔代家族最后一个后代的工作。塔利兰德说：

"陛下，这样做比犯罪还糟；这是错误的。"

就是为了反对这种错误，聂鲁达才面对他的高尚的诗的。他的诗像烧灼器一样在有罪过的人肌肤上燃烧，像火焰一样在不公正的黑夜里闪耀。

缪斯的抗议

[哥伦比亚]西尔瓦

> 亚松森·西尔瓦(1865—1896),著名现代主义诗人。生于波哥大一个小商人的家庭。在其作家父亲的影响下,年轻的西尔瓦从小爱好文学。但因家道中落,个人生活的不幸,致使他陷入极度悲观的境地,终于在31岁时自杀。西尔瓦一生写了60多首诗,收于诗集《诗之书》《夜曲》《痛苦的泪滴》中。还写有散文和文学评论多篇。1953年出版诗歌全集,1980年出版诗文全集。他的诗不讲究形式,只求抒情气氛。

  在朴实而凄凉的房间里,在堆满一页页书稿的桌旁,讽刺诗人手托太阳穴,目光注视着清新的书页,正在读他整整写了好几个月的书。

  黑暗的房间被五月的黎明时的透明光线照亮了。空中飘浮着春天的芳香。肤色白皙、容貌妩媚的缪斯面带微笑出现在诗人面前,她身倚粗糙的书桌,用那双反射着无垠的天空的眼睛瞧着那本打开的书的新印刷的书页。

  "你写的什么?……"缪斯问他。

  诗人默不作声,想避开她那种目光。因为这时她已经把目光从书页转向他那困乏而混浊的眼睛……

  "我写的是",他回答,声音像胆小受惊的孩子一样颤抖。"我写的是一本讽刺的书,嘲弄的书……我在书中展示了人们的卑劣行径和错误、贫困状况和弱点、种种缺点和恶习。当时你不在这儿……写作时我没有听到你的声音,憎恨和嘲弄的情绪支配着我,两者给了我利箭,我开心地把它们射向了人们的心灵和肉体,十分开心……缪斯,你是严肃的,不理解这样的娱乐；你从来也不笑；你看吧，利箭发射出去会伤人，受伤者会做可笑的鬼脸和痛苦的抽搐；我让人们的心灵裸露，展示它们的丑恶，暴露隐藏的可笑的东西，打开封闭的伤口；你在桌上看到的那些硬币，那些闪光的埃斯库多，是我工作的结果。让别人笑时，看到人们彼此讥笑时，我也笑自己。缪斯，你和我一起笑吧……生活是愉快的……"说完这些话，讽刺诗人笑起来，同时一种沉重的忧伤使缪斯那粉红色的口唇抽动起来，深邃的眼睛也模糊了……

"这是亵渎啊！"缪斯低声说，接着用同情的目光望了一眼新出版的书，看到了金币。"这是亵渎啊！"为了发射那种利箭，你怎么可以用神圣的形式、歌唱和欢笑的诗篇、韵律的敏捷跳动、节拍的迷人音乐呢？……生活是严肃的，诗是高尚的，艺术是神圣的。我了解你的作品。你翻动的不是亮晶晶的宝石、蓝宝石和蛋白石、多色的祖母绿、刻有人像的精致宝石、金丝编织物，不是仿佛由仙女绣的那种花边、诗人们的首饰箱里的珍珠项链，而是有蛇、我憎恨的蛇活动的烂泥和淤泥地。我是小鸟儿的朋友，飞越明亮的天空的生灵的朋友，当它们在明亮的夜晚从昏暗的树枝间，对着星斗弹奏小夜曲时，我便赞美它们；但是我憎恨在泥沼里出生的蛇和爬虫。我喜欢绿色的田园诗，像喜欢鲜花盛开的原野；我喜欢黑色的、落着滴滴烛泪的挽联，像喜欢葬礼穿戴的衣物，……但我不喜欢你。你为什么笑呢？你为什么把你的辱骂变成艺术品？你本来可以歌唱生活，歌唱生活的深刻奥秘，歌唱想到死亡的人的不安，歌唱今天的胜利、好人的斗争、被人们驯服的事物、在人的手里变软的铁器、变成人的奴隶的闪电，歌唱将冠毛似的烟雾洒向天空的生动而勇敢的火车头、缩短距离的电报、传播思想的神秘地振动的线路。你为什么只看到你的兄弟们的污点呢？为什么讲述他们的弱点呢？为什么开心地射那些箭伤害他们、搅动那种泥淖呢？诗人的使命是吻伤口，吻不幸者的额头，用诗歌使生活变得甜蜜，为迷失的人打开大门，打开美德与爱的大门。你却为什么听从仇恨的劝告呢？诗歌的写作是为了歌唱宽厚和原谅、女性的美和男性的勇敢，你为什么要把神圣的诗歌形式局限于表现你的思想呢？你别以为我胆怯。我也曾经是鼓励写像鞭子一样鞭打人、像红铁一样烙人的诗节的缪斯；我依然是启示胡文纳尔、和但丁写他们的诗的愤怒的缪斯；我给了永恒的提尔泰奥斯们灵感；我教给雨果让《惩罚集》中的亚历山大们听刺耳的喇叭声和冒烟的大炮的隆隆声；我歌唱人民的斗争、暴君的倒台、自由人的伟大……但是我不知道什么是辱骂和仇恨。我扯下了陌生的手挂在帕斯基诺雕像基座上的大幅广告。你这部表现辱骂和轻蔑的作品就留在这儿吧，它不是我授意写的。你继续亵渎神圣的诗吧，把它变成伤人的箭、有毒的蛇、侮辱人的嘲讽吧，搅动妒忌的泥淖、抓起烂泥冒着弄脏自己的危险把它抛向空中吧；如果歌唱崇高的事物本可头戴光环的你，就积极地煽动沉睡的妒忌吧。我要去寻找热爱艺术和生活、热爱在幽暗森林深处微笑的大理石维纳斯、热爱在芳香的卧室里微笑的有血有肉的维纳斯、热爱大自然的歌声和音乐、热爱温柔的吻和艰苦的斗争、热爱多彩的丝织品和无情的利剑的诗人了。你永远不会感到我在你身边授意你写一节诗歌。你和你的憎恨和嘲弄的情绪留在这里吧！

  肤色白皙、容貌妩媚的缪斯，口唇粉红、眼睛里反射着无垠的天空的缪斯，带着五月的黎明的透明光线和春天的芳香离开了房间。诗人孤独地留在那里，留在堆满一贯页书稿的桌边，失望地扫了一眼那堆金币和他那本讽刺诗集的书页，双手托着额头绝望地啜泣起来。

再次小议文学与现实

[哥伦比亚]马尔克斯

加夫列尔·加西亚·马尔克斯（1927—），作家、记者和社会活动家；拉丁美洲魔幻现实主义文学的代表人物。生于哥伦比亚阿拉卡塔卡。1940年迁居首都波哥大。1947年入波哥大大学攻读法律，并开始文学创作。1982年，获诺贝尔文学奖，并任法国西班牙语文化交流委员会主席。他的作品《百年孤独》一面世即震惊拉丁美洲文坛及整个西班牙语世界，并很快被翻译为多种语言。马尔克斯也一跃成为炙手可热的世界级作家。

当今纷繁的现实向文学提出的一个非常严肃的问题是词汇的贫乏。当我们谈到一条河的时候，一个欧洲读者至多也只能想象到二千七百九十公里长的多瑙河。如果不向他加以描绘，他很难想象到长达五千五百公里的亚马逊河的实景；如果你站在巴拉州的贝伦，一眼都看不到彼岸，它比波罗的海还要宽。

当我们写出"暴风雨"一词时，欧洲人就会想到闪电与雷鸣，但不易意识到我们想要描写的同一现象。比如"雨"这个字也是一样。在安第斯山，根据一位叫雅维尔·马里米埃的法国人向其他法国人的描述，有的暴风雨可以持续五个月。"没有见过这种暴风雨的人，"他说："不可能想象它是如何的猛烈。整整几个钟点急促的闪电接连不断,犹如血色的飞瀑;大气在连续雷鸣的震荡中颤抖,雷的炸裂声在无垠的山间激荡。"这种描写远远算不上什么杰作,但足以将不易轻信的欧洲人吓得发抖。

因此,有必要创造一系列的新词汇,以适应当今现实之需。这一需要的例证是不胜枚举的。在本世纪初走遍亚马逊河上游的荷兰探险家厄普·德·格拉夫说,他遇到一条溪水在沸腾,在溪水中五分钟可以煮熟鸡蛋。还说,他经过一个地区,在那里不能大声说话,因为阵雨倾盆而下。在哥伦比亚加勒比海岸一个地方,我看到一个人在一头耳朵里生了虫子的母牛前默默祈祷,并看到在祷告过程中死虫子掉了出来。那个人肯定地说,他可以远距离进行同样的治疗,只要把牲口向他描述一番并告诉他在什么地方。

1902年5月8日,马提尼克岛的珀利山火山在几分钟内把圣皮埃尔港毁灭了,三万居民全部死亡并被埋葬在熔岩里。只有一人除外:全城中唯一的犯人勒德格·西尔瓦里斯,为防止他逃跑而建的单人牢房坚不可摧的结构保护了他。

仅在墨西哥,为了表达其难以置信的现实,就得写许多本书。在这里居住近二十年以后,我们能整整几个钟点观赏一盘跳舞的赤豆,就像我那么多次所做的一样。好心的唯理主义者向我解释说,赤豆会动是因为里面有一只活蛹,但这解释似乎贫乏无力:妙处不是因为赤豆里面有蛹而动,而是因为赤豆里面有蛹使之能动。

我生活中的另一奇异经历是第一次遇到美西螈。胡利奥·科塔萨尔在他的一些小说中说:一天他想看狮子,在巴黎动物园里看了美西螈。科塔萨尔说:"当从水族馆前走过时,我斜睨普通的鱼,直到突然看到美西螈。"最后说:"我留下来观看了它一个钟头,出来后,别的事不能干了。"我也一样,是在帕兹夸罗,只是我不是观赏了一个钟头,而是整整一个下午,而且又去看过几次。但是,那里有件比动物本身更打动我的东西,即钉在房门上的牌子:"出售美西螈浆。"

这种难以置信的现实在加勒比最多,其范围北面扩展到美国南部,南面到巴西。请不要以为这是扩张主义的邪念。不是的;这是因为加勒比不仅仅是像地理学家们理所当然地认为的那样一个地理区域,而且是个非常有相同文化的地区。

在加勒比，发现新大陆之前的原始信仰和奇特概念与后来的丰富多彩的文化糅合成奇异的混合体，其艺术的兴味及其艺术多产是无穷无尽的。非洲文化的贡献虽是被迫的，是令人愤慨的，但却是幸运的。在这个世界的交叉路口形成了一种无边无际的自由感，一种无法无天的现实，在这里每个人都感到能够做到他不受任何限制地想要做的事：一夜之间，强盗们变成了国王，逃兵们变成了海军上将，婊子变成了女省长。反之亦然。

我生长在加勒比。我逐国逐岛了解它，也许我的失败就来源于此，我从来没有想到也未能做到任何比现实更为惊人的事，我能做得最多也只是借助于诗把现实改变一下位置，但我的任何一本书中没有任何一个字是没有事实根据的。

这种改变之一是在《百年孤独》中使布恩迪亚的家世如此不安的猪尾巴残余。我本可以运用任何其他的想象，但我想，害怕生一个带猪尾巴的儿子的想象与事实巧合的可能性最小。当然，小说刚一开始为人所知，在美洲各地就出现了些男女供认自己有类似猪尾巴的东西。在巴拉兰基利亚，一位青年在报纸上自白：他带着那样的尾巴出生，长大，但直到读了《百年孤独》之前从未披露过。他的解释比他的尾巴更令人惊异。"从前从来不愿说我有尾巴，因为害羞。"他说，"但是现在读了这部小说，并听读过这部小说的人讲，我才发现这是自然的事。"之后不久，一位读者给我寄来从报纸上剪下来的一张照片，南朝鲜首都汉城的一个女孩生来有一个猪尾巴。与我写小说时所想象的相反，汉城女孩的尾巴割掉了，而且女孩活下来了。

但是，我的作家生涯最艰难的经历是《家长的没落》的准备工作。在几乎十年当中，我阅读了我可能弄到的一切关于拉丁美洲，特别是加勒比地区独裁者的材料，旨在使我要写的书尽可能少的与事实相像。每一步都是一次失望。胡安·维森特·戈麦斯的本能比一种真正的预卜本领要犀利得多。海地的杜瓦列尔博士命令把国内的黑狗消灭光，因为他的一个敌人，设法逃避这位暴君的迫害，摆脱了人的形态而变成了一条黑狗。弗朗西亚博士，其哲学家的声望如此斐然而值得卡莱尔对他进行研究，他把巴拉圭共和国像一所房子一样关闭起来，仅留了一个窗口，便于通邮。安东尼奥·洛佩斯·桑塔纳在壮丽的葬礼中埋了自己的一条腿。洛佩·德阿吉雷被砍断的手顺水漂流了几天，看到它漂过的人们害怕得发抖，以为处于那种状态的那只杀人的手仍可挥动匕首。尼加拉瓜的阿纳斯塔西奥·索莫萨·加西亚在他家的院子里有一个动物园，笼子分为两间：一间关闭野兽，另一间，仅一铁栏相隔，关着他的政敌。

萨尔瓦多信奉通神教的独裁者马丁内斯，下令把国内所有的公共照明灯用红纸衬里，以防治流行麻疹，并发明了一种摆锤，饭前放在食品上方，测定食品是否有毒。现在仍在特古西卡尔帕的莫拉桑的雕像，实际上是内伊元帅的：到伦敦去寻找雕像的官方代表团决定，买下这尊被遗忘在一个仓库里的雕像比定做一件莫拉桑的真实雕像还要便宜。总而言之，我们拉丁美洲和加勒比的作家们必须虔诚地承认，现实是比我们更好的作家。我们的天职，也许是我们的光荣，在于设法谦卑地模仿它，尽我们的可能模仿好。

# 我感到痛苦

[秘鲁]巴列霍

塞萨尔·巴列霍（1892—1938），诗人、小说家。生于北部的圣地亚哥·德·丘克，中学未毕业即自谋生计。1913年进大学攻读文学和法律，曾参加"北方社"的文学活动。1931年在西班牙加入共产党。巴列霍的作品主要是四本诗集：《黑色的使者》（1918）、《特里尔塞》（1922）、《西班牙，我喝不下这杯苦酒》（1937）、《人类的诗篇》（1939）。此外，他还写有长篇小说《钨矿》，被认为是拉丁美洲第一本展示社会主义前途的现实主义文学作品。

我不是作为塞萨尔·巴列霍而感到这么痛苦。我不是作为艺术家、作为人和一个简单的活人而感到痛苦。我不是作为天主教徒、伊斯兰教徒和无神论者而感到痛苦。今天，我就是觉得痛苦。即使我不是艺术家，也一样感到痛苦。即使我不是天主教徒、无神论者和伊斯兰教徒，我也会感到痛苦。今天，我从内心深处感到痛苦。今天，我就是感到痛苦。

现在，我无缘无故地感到痛苦。我的痛苦如此深切，它已经没有理由，也缺乏理由。什么也不能再成为它的理由。这痛苦为什么产生，由于它自己吗？我的痛苦来自北风和南风，就像某些怪鸟由于风而生下的卵一样性状不

明。即使我的未婚妻死去，我的痛苦也依然如故。即使生活完全变样，我的痛苦也原封不动。今天，我忍受着难以承受的痛苦。今天，我就是感到痛苦。

我望着饥饿者的痛苦，我看到他们的饥饿远不及我的痛苦。如果到死我也不进食，至少总有些许青草从我的坟墓里长出。恋人的情况也是如此。他的血有多么强的生殖力哟！我的血却既没有源泉，也没有它消耗的出路！

至今我一直确信，世界上的万物都不可避免地成为父亲和儿孙。但是今天我的痛苦却既不是父亲也不是儿孙。它没有对着黄昏的脊背，却有对着黎明的多余的胸襟。如果把它放在黑暗的房间里，它不会发光。如果把它放在明亮的房间里，它也没有阴影。今天，无论怎样，我总是感到痛苦。今天，我就是感到痛苦。

现实与想象

[秘鲁]马利亚特吉

> 何塞·卡洛斯·马利亚特吉（1895—1930），散文作家、进步的政治活动家、批评家。生于利马莫克瓜镇。童年被迫辍学，进报社当学徒工，自学成才，当过编辑、记者和作家。马利亚特吉对历史唯物主义颇有研究，并用以解决本国的社会问题。他的著作有《现代舞台》（1925）、《关于秘鲁现实的七篇论文》（1928）。后者是他的名著，其中阐述了印第安问题、土地问题、秘鲁的经济发展、宗教因素、地区主义与中央集权、文学过程、公共教育等。

在西方文学中，幻想又恢复了它的特权和地位。奥斯卡·王尔德成了当代美学大师。他目前享有的权威不是依凭他的作品，也不是依凭他的生平，而是由于他对事物和艺术的理解。我们生活的时代有利于他的怪诞思想。王尔德断言，伦敦的大雾是绘画创造的。他说，不是艺术复制自然，而是自然复制艺术。在我们今天，马西莫·邦当佩利把这个观点推向了极端。根据邦当佩利的一种他从某个夏天在一个山村的思考中得来的奇特的理论，大地在形成之初，几乎完全是个矿物世界，那时只有人和石头。人以矿物为食。但是邦当佩利的想象力发现了大自然的另外两个王国。树木和动物是艺术家们想象出来的。人和植物在艺术中作为概念存在之后，开始真实地在大自然中存在。地球经过这样安排之后，人又创造了新的东西；机器出现了，机械文明诞生了。地球电气化了，机械化了。但是，在机械化达到了顶峰之后，发展过程又逆转了。矿物、植物、机器等等，重新归向了大自然。大地石化了，渐渐矿化了，直到返回它的原始状态。这样的演化进行了多次。今天，世界再一次处于它的机器与机械化时期。

邦当佩利是意大利当代最时髦的文学家之一。几年前，在意大利文学中写实主义占支配地位的时候，他的作品的运气是显而易见的。最初算是个古典主义者的邦当佩利并不写书。今天他是个皮蓝德娄派，昨天可能是个邓南遮信徒。

邓南遮信徒？在邓南遮的作品中我们看到的想象不也比现实主义多些吗？邓南遮的幻想更多的是在他的作品的外部而不是内部。邓南遮为他的小说披上了不可置信的、拜占庭风格的外衣；但是他的小说的框架同自然主义小说并无天渊之别。邓南遮竭力想变得高贵；但是他又不敢做得令人难以置信。皮蓝德娄却相反，他在一部毫无装饰、形式简单的小说如《已故的帕斯卡尔》中描述了一个故事，随即被批评界指责为少见和不可置信。但是几年后，生活却忠实地再现了它。

在表现现实的文学中，现实主义离我们远了。现实主义经验只是被我们用来证明我们只有通过幻想手段才能找到现实。这就导致了超现实主义的产生。超现实主义不仅是法国文学的一个流派或运动，而且是世界文学的一种倾向，一条道路。意大利的皮蓝德娄是超现实主义者，美国的沃尔多·弗兰克是超现实主义者，罗马尼亚的帕南特·伊斯特拉蒂是超现实主义者，俄国的鲍里斯·皮里尼亚克也是超现实主义者。即使他们在以阿拉贡、布勒东、艾吕雅和苏波为领袖的巴黎超现实主义群体之外或远方写作，也毫无关系。

但是想象并不是随意的。其目的不但是发现神奇的东西，而且似乎是揭示真实的东西。当想象不使我们接近现实的时候，它对我们的用处是很少的。哲学家凭着虚假的概念达到对真理的认识。文学家运用想象的目的也是如此。想象只有当它创造某种真实的东西时才有价值。这是它的局限性。这是它的悲剧。

旧现实主义的死亡绝对不会影响对现实的认识。恰恰相反，它的死亡大大有利于人们对现实的认识。这使我们摆脱了教条和偏见。不可置信的事物有时比可信的事物包含着更多的真实性，更多的人情味。皮蓝德娄的一出不可置信的喜剧比卡普斯的一出可信的戏剧能够更深地进入人的心灵深处。天才的费尔南·克罗姆兰克的《慷慨的乌龟》当然比《情敌》和《法莱娜太太》之类表现通奸和离异的法国全部的平庸剧作更有价值。

对可信性的偏见，今天已经成为严重妨碍艺术发展的偏见之一。气质温和的艺术家们坚决反对这种偏见。"生活，"皮蓝德娄写道，"对生活中处处充满的大大小小厚颜无耻的荒唐现象来说，具有能够放弃艺术必须服从的那种可信性的无可估量的特权。生活中的荒谬现象有必要使人觉得是可信的，因为它们是真实的。这和艺术的荒谬相反。为了让人觉得艺术的荒谬是真实的，它必须是可信的。"

摆脱掉某个羁绊后，艺术家就可以去征服新的领域了。在我们今天，如果没有这种自由，想写作品是不可能的。约瑟夫·德尔泰尔的《胡安娜·德·阿尔科》就是一例。在这部小说中，德尔泰尔描述了多姆雷米姑娘天真而自然地同农村的两个姑娘圣卡塔利娜和圣玛加里塔交谈的情形。奇迹般的故事像儿童寓言一样叙述得既朴实又纯真。小说中不可置信的东西并不试图让人相信。这样，随着对奇迹——就是神奇——的接受，我们对那位姑娘的认识就更加接近真实了。和珂纳托尔·法朗士的作品相比，约瑟夫·德尔泰尔为我们塑造了一个更真实更生动的胡安娜·德·阿尔科形象。

现代文学从这种关于真实的新概念中汲取了它最好的力量之一。现代文学之所以陷入无政府状态并不是由于幻想本身。那种对个人和主观主义的渲染是西方文明危机的症状之一。其病根儿不在过分的想象那里，而在于缺乏可以成为它的神话和明星的伟大想象。

谈谈卡彭铁尔

[委内瑞拉]西尔瓦

> 米格尔·奥特罗·西尔瓦(1908—1985),诗人、小说家。生于委内瑞拉巴塞罗那城。学生时代就喜欢诗歌和戏剧,尤其喜欢写短小的讽刺诗。作为诗人,西尔瓦深受现代主义诗人鲁文·达里奥的影响,后又受欧洲先锋派诗歌的熏陶。他的诗集有《水与渠》(1937)、《诗25首》(1942)、《致安德烈斯·埃洛伊·布兰科的挽歌》(1958)、《愚蠢交响曲》(1962)、《死亡的海洋》(1962)和《门槛》等,小说有长篇小说《热病》(1939)、《死屋》(1955)、《一号办公室》(1961)等。

朋友们:

近几年来,拉丁美洲小说出现了异乎寻常的热潮,受到了最热烈的评论,在图书馆的书架上和书店的橱窗里占据了突出的位置。拉丁美洲小说家的作品被译成了各种各样的语言,受到高度赞扬,如果异军突起,很出人意料。

我曾在不同的场合强调,这一光辉成就并非是惊人的奇迹的产物,也不是自然而然产生的。恰恰相反,拉丁美洲小说的产生经过了一个从上世纪末开始的、不断上升到创作过程。今天我们所收获的东西是经过那么多辛劳和那么多汗水而结出的果实。

早在1930年以前,长篇小说的伟大壁画家就出现了。他们的作品是美洲的大自然、美洲的暴力和美洲的人的热情反映。在那些作家里头,首先应该提到阿根廷里卡多·吉拉尔德斯、墨西哥马里亚诺·阿苏埃拉、哥伦比亚何塞·欧斯塔西奥·里维拉和委内拉罗慕洛·加列戈斯。

后来,拉丁美洲小说用世界文学最现代的技巧和经验丰富了自己,进入了第二个重要阶段。在这个阶段,耸立着三个关键性的人物,即阿根廷的豪尔赫·路易斯·博尔赫斯、危地马拉的米格尔·安赫尔·阿斯图里亚斯和古巴的阿莱霍·卡彭铁尔。卡彭铁尔新近离开人世,他是我的亲密朋友,我们有共同的理想和梦幻。今天下午我就谈谈他吧。

阿莱霍·卡彭铁尔的作品已受到批评家和文学教授们的充分研究。但是我既不是批评家也不是文学教授,所以我只能就阿莱霍·卡彭铁尔的文学品格和人格指出这么两三点。我认为这几点是很说明问题的。

一是他对文学创作的理解和训练。他的理论叫做"美洲的神奇现实"。在1936年回古巴时,阿莱霍·卡彭铁尔已经具有欧洲特别是法国文化的修养。于是,他的学识和心灵发现了一个神奇的世界。他很久以前就诞生在这个世界上,他的头脑也是在这个世界上学会了思考。他从欧洲回来后明白了:想象、梦幻、偶然、下意识行为、精神错乱、超现实主义的全部最革新的要素,对用新眼光面对这些国家和这些土地所包括的艺术源泉来说,是远远不够的。海地的黑人、奥里诺克的热带丛林、加勒比的航海者和海盗、这块混血大陆的真实而动荡的历史,是比艺术理论和梦中的幻想神奇百倍的创作源泉。阿莱霍·卡彭铁尔便是这样理解的。他以其作家的才能说明了他的理解,并把它建立在他的广博的文化基础上,从而产生了他的主要作品:《这个世界的王国》、《消失的足迹》、《启蒙世纪》、《方法的根源》和《春天的祭献》。

他的纯正风格和基本形式的这种迟缓的发现是他的全部杰作即那些使他在世界文坛上赢得声誉的作品在他满40岁以后才写出来的原因。倘若由于历史宿命论的某种不幸的变故阿莱霍·卡彭铁尔和何塞·马蒂死于同一年龄即42岁的话,他就永远不能作为"神奇的现实"的非凡创立者和因其死而在今天如此强烈地震动文学界的伟大作家载入史册了。

在42岁那年——我要再次强调,这是古巴解放者何塞·马蒂的寿命——阿莱霍·卡彭铁尔被聘请为一家广告公司的编辑而第一次来到加拉加斯。这位客人讲话带着法国口音,拖着长长的口音,驼着背向我们走来,在委内瑞拉作家和艺术家中间引起了好感和尊敬。他当时是何许人呢？他不过是一名古巴新闻工作者，在本国担任《广告》杂志和其他几家类似的出版物的主编，写过几本伴舞的诗词和歌曲，在巴黎和超现实主义运动有过密切接触，担任过法国电台节目和唱片录制导演。但是，他出版过特别重要的文学作品吗？毫无疑问，他还没有做到。他只是发表过几个优秀的短篇小说，出版过一本关于古巴音乐的评论集和一部题为《埃古·扬巴·奥》的比较好的长篇小说，以及各种各样的、几乎都是关于音乐评论、芭蕾舞和无线电话的文章。

有三件事彻底改变了他这种不引人注目的状况。据他自己后来说，这三件事对他的生活和创作具有决定性的意义。头一件是他同莉拉·埃斯特万结婚；第二件是发现了美洲的神奇现实，上面已经提到了；第三件是1945年来加拉加斯。

和莉拉·埃斯特万相遇，阿莱霍·卡彭铁尔就找到了、永远找到了最聪慧、最鼓舞他的伴侣。同莉拉结婚后不久，他就开始放手从他的诗人的头脑深处展示神奇的世界。在莉拉身边，在莉拉面前，他构思和创作了他那些最伟大的作品。在莉拉的陪伴下，他加强了对人类的信心和革命的信念。

至于委内瑞拉，应该说的是，他在这个国家展开了他的翅膀，他的创作才能得到了施展。他在委内瑞拉写了《这个世界的王国》，写这部小说的想法是1949年他和莉拉一道去海地旅行时产生的；《消失的足迹》、《追踪》、杰作《启蒙世纪》和《方法的根源》前几章，也是在委内瑞拉写的。古巴革命胜利后，阿莱霍·卡彭铁尔于1959年回到古巴。这时他已不仅仅是13年前的杰出记者，也不是40岁时的敏锐而聪明的音乐评论家和为康塔塔写歌词、为舞蹈写歌曲的出色作者，而是一个远远超过了这一切的人物了：一位小说创作的新路的开辟者，当代小说最合法的领袖之一，应该十次获得诺贝尔文学奖的世界性作家。但是一次也没有授予他。

朋友们：

对苏利亚大学为纪念卡彭铁尔而举行的活动，我表示支持。在结束我的讲话前，我想特别提一提作家的这些美德，即他的人品的正直、他的思想原则的坚定、把他的命运引向为他的人民服务并为人民的命运担当危险的决心、与贫苦的人民休戚与共的高尚精神,就像何塞·马蒂宣讲和履行的那样。

1945年来加拉加斯时,阿莱霍·卡彭铁尔为他的祖国政治和道义上的衰弱及古巴的不幸而忧心忡忡。在当时的古巴,暴力和腐败、黑暗的刑讯和卑鄙的赌风都已变本加厉。古巴革命的爆发和胜利像召唤的号角一样在他胸中回荡。于是,他辞掉广告公司的职务,关闭了他在佛罗里达街的寓所,回哈瓦那参加他的人民为争取自由古巴的生存、为建设新社会而进行的残酷斗争去了。他丝毫也不曾离开他的战壕,尽管那些相信预兆的人每时每刻都在预言他的热情终会冷却,甚至他可能临阵脱逃。但是恰恰相反,他一天比一天更密切了同他选择的事业的联系,一天比一天更高涨地贡献着他那不会枯竭的力量;他不但又出版了几本极好的作品,而且被哈瓦那旧城推选为全国人民代表大会代表。临终前他用洪亮的声音说:"作为我的时代的人,我属于我的时代,我的最重要的时代是古巴革命。"

远方的生活

[智利]聂鲁达

巴勃罗·聂鲁达(1904—1973),著名诗人、散文家、社会活动家。生于智利中部埃尔帕拉尔小镇,在特木科读小学和中学,后在首都的教育学院学法语。1945年被选为议员并加入智利共产党。曾获国际和平奖和斯大林国际和平奖。聂鲁达的诗歌创作比较丰富,主要作品有《黄昏》(1923)、《二十首情诗和一支绝望的歌》(1924)、《西班牙在我心中》(1937)、《葡萄园和风》(1954)等等。"由于他的诗作具有自然力般的作用,复苏了一个大陆的命运和梦想",1971年被授予诺贝尔文学奖。

梦

由于思考,我终于累了,我挪到我那铺着毯子的床上。寒气在我的身上颤抖;梦幻中出现的蝴蝶在我的头上飞舞,碰撞着我的眼帘。我把太阳穴放在我那粗糙的枕头上,没有伤害它。突然,我进入了梦乡。在我的梦中,南方的田野,那座被遗弃的颤动的帐篷,我自己这个自命不凡、可怜而孤独的人,一起变成一条大船;它燃烧着,穿越和劈斩着夜晚的黑浪前进。

流动的时刻

我躺在二等寝舱的顶上，背对着太阳，面朝着河风。河流宽阔、平滑，两岸长着墨绿色的灌木。总在惊逃的水鸟在河口的水面上潜水。后来，在远方，种着庄稼的田地在无边无际的山冈丘陵上起伏、波动。不时有一群鸟儿掠过河流上空，悲凉地啼叫着飞向远方，啼声像变软的石头一样落在水面上。

无　限

但是，一阵音乐声像在天空和河水之间扑扇翅一般出现在我身边。一阵微风在呻吟，在逃走。某种简单的东西总在把一个呼唤着思念的音符撕碎。在这条河，在这块土地的那边，在我这颗破碎的心那边，在那边，朋友们，一条无限的舌头在舔我，在压着我。一条用树和水构成的手臂像腰带一样束着我，一种生疏的感觉使我纵情。一张陌生的嘴对我说：

"这是一位流浪手风琴手。"

他叫索埃米尔。

我和一个陌生人躺在远方的一间寝舱里哭起来。

阿拉维娅

你不该爱我，阿拉维娅，你不该爱我。你在我这躲闪的眼睛里不会留下什么，你不会把你的名字埋葬在我的路上的苍白的漂白土里，你却还爱我，阿拉维娅，你还爱我。

你那双蓝眼睛，你那金黄的、在那个夜晚和那个冬天曾为我打开的辫子，都曾只属于我。

现在，跟那时一样，又一场雨落在你的屋顶上，落在海港上。你孤单地缝织着，你的黄昏现在仅仅为我而存在。你还记得夜晚从破窗口吹进的那阵不祥的风吗？

你不该爱我，阿拉维娅，你为什么爱我呢？

同伴们

除了索埃米尔和阿拉维娅，我还有一些朋友。我记得他们和那个时间的亲爱的事物。他们是收运费的人，天性快乐，饮酒成癖，开始奉承我，后来嘲弄我，最后特别喜欢我。下班后，我们凑在一起，坐在小艇上漂荡，有的唱歌，有的拉家常，有的睡觉。天一黑我们就彼此看不见了，只有燃着的烟头好像是活的。在无边际、万籁俱寂的夜里，不知不觉我们也沉默了。

他们都是好小伙儿。有一天捕鱼时，有两个人淹死了，他们是我特别喜欢的两个。

长城和书

[阿根廷]博尔赫斯

豪尔赫·路易斯·博尔赫斯(1899—1986),著名诗人、小说家。生于布宜诺斯艾利斯,自幼聪慧。1920年开始写诗,曾加入西班牙"极端主义"诗人行列。1923年起,先后出版诗集《布宜诺斯艾利斯的热情》(1923)、《面前的月亮》(1925)、《圣马丁的笔记》(1929)。之后转向短篇小说创作,陆续出版《世界性的丑事》(1935)、《交叉小径的花园》(1941)等等。他的作品风格独特,自成一派。其短篇小说有四大特点:题材富于幻想、主题充满哲理、手法荒诞奇特、语言反复多变,人称"宇宙主义"或"卡夫卡式的幻想主义"。

他,他的长城边上,鞑靼人在游荡
——蒲伯长诗《军伯颂》第二卷76页

过去我曾在书上读到,那个下令修筑那条几乎是无限的中国长城的人就是那第一个皇帝——始皇。也是他下令焚烧了在他之前出版的一切书籍。这两个大规模的行动——为抵御野蛮人入侵而修的五六百列瓜的石头长城和严厉地废除历史即以往的历史——都是他一个人所为,在一定程度上也是他的象征。不知为什么，此举既使我感到满足又使我感到不安。研究这种心情产生的缘由，便是本文写作的目的。

从历史上说，这两个措施并没有什么不可理解的奥秘。作为阿尼瓦尔战争同一时代的人，秦始皇统一六国，扫除了封建割据；他修了长城，因为长城是防御工事；他焚烧了书，因为反对派援引它们赞扬古代的帝王。焚书和修工事，是君主们通常的任务；秦始皇的特别之处在于他的行为规模宏大。某些汉学家是这么解释的。但是我认为，我涉及的不单是对普通的使命的夸大或夸张。为果园或花园筑一道围墙是司空见惯的；把一个帝国围起来却非同小可。要让一个最传统的种族放弃对其神秘的或真正的过去的记忆，同样非同小可。当秦始皇命令历史从他开始的时候，中国已经有了三千年历史（在那些年代里有黄帝、庄子、孔子和老子）。

秦始皇流放了他母亲，因为她放荡不羁。在他的严厉执法中。正统派只看到一种铁面无情；秦始皇也许是企图扫除符合教律的书，因为这些书指责他；秦始皇也许想通过废除整个过去来废除一件往事：他母亲的坏名声（犹太国的一位国王也是这么干的：为了杀死一个孩子，他把所有的孩子都杀了）。这种假设是值得注意的。但是这不能解释长城，不能解释神话的另一张面孔。据历史学家们讲，秦始皇禁止人们提"死亡"二字，并寻找长生不老的灵丹妙药。他隐居在一座具有象征性的宫殿里，那座宫殿的房间有一年的天数那么多。这些资料说明，空间上的长城和时间上的焚书大火是用来阻止死亡的巫术的障碍。世间的万物都希望保持自己的存在，巴鲁赫·斯赛诺莎这样写道。也许秦始皇和他的巫师们相信长生不老是固有的，腐烂不会进入一个封闭的世界。也许秦始皇企图再创造时间的起始。他叫"始，"是想真正成为第一；他叫"皇"，在一定程度上是为了成为皇帝，成为发明文字和指南针的那位传说中的皇帝。据礼书上说，那个皇帝为万物取了真正的名字；同样，秦始皇也自吹发明了永不泯灭的铭刻，在他的统治下，万物都会有其合适的名字。他梦见自己创建了一个永恒的王朝；他命令他的继承人叫二世皇帝、三世皇帝、四世皇帝，如此延续下去，永无止境……我说这是一种巫术的意愿。同样可以设想，修长城和焚书不是同时的行动。这为人们提供了一位国王的形象：他首先进行破坏，然后又无可奈何地保存；或者，他感到失望了,破坏掉了他以前保卫过的东西。两种假设都具有戏剧性,但是我却明白它们都缺乏历史根据。赫伯特·艾伦·翟理思说过,隐藏书的人被人用烧红的铁器刺了字,被判处终生修建没有尽头的长城。这个信息有利于或可以容许另一种解释。长城也许是一种比喻,秦始皇判罪的也许是那些留恋过去、而不喜欢像过去一样庞大、一样愚蠢、一样无用的工程。长城也许是一种挑战,秦始皇想:"人们留恋过去,我丝毫不能反对;我的刽子手也不能反对,但是将来可能出现一个像我这样想问题的人,他将破坏我的长城,就像我焚毁书籍一样;他将消除对我的记忆,成为我的影子和镜子,他却不知道。"秦始皇为他的帝国修长城,也许因为他知道他的帝国不牢固;他焚书,也许因为他明白那些书是神圣的,那些书展示的是整个世界或每个人的心灵展示的东西。也许图书馆的大火和长城的修筑是以一种秘密方式取消的行动。

此时此刻和一切时刻把一系列阴影投射在我将见不到的大地上的牢固长城,是一位命令最谦敬的民族烧掉它的过去和恺撒的影子;除了可以提出的假设外,我们产生这种想法是可信的(其功用可能在于在巨大程度上阻止建造和破坏)。

综上所述,我们可以推断,一切形式都在其形式上而不在某种假定的"内容"上具有其功用。这一点和贝内代托·克罗齐的命题一致;佩特也早在1877年就断言,一切艺术都追求音乐性。音乐不过是一种形式。音乐、幸福状况、神话、被时光消耗的面孔、某些黄昏和某些地方,它们想告诉我们或已经告诉我们什么不应该丧失的东西,或准备说什么东西;这种尚未产生的、泄露什么的急切性,也许就是美学行为。

1950年于布宜诺斯艾利斯

杰出的音乐家

[巴西]安德拉德

> 马里奥·德·安德拉德（1893—1945），著名的诗人、小说家。生于圣保罗，毕业于圣保罗音乐戏剧学院，曾任家庭钢琴教师。1922年起历任音乐史教授、市文化局长、艺术学院院长等职。主要作品有《每首诗里一滴血》（1917）、《充满幻觉的保利赛娅》（1922）、《不是伊佐拉的奴隶》（1925）、《土色的菱形》（1927）、《第一个台阶》（1926）、《爱，不及物动词》（1927）等等。安德拉德才思横溢，多才多艺，著作甚丰，包括诗歌、小说、散文、文学理论和批评，在音乐、绘画、民间艺术等方面也有研究。

  我犹豫了许久才接受《晨报》的音乐轶闻专栏。主要有两个理由使得我不愿打破两个月来已使我在我国的报纸上销声匿迹的沉默，况且现在我在音乐艺术方面的能力是有限的。我没有任何原因抱怨巴西的报纸，这是不言而喻的。恰恰相反，每当想到自己的"本事"，我就为经常受到的欢迎感到惊讶。那一次，当我必须在我的七种职业选择中选定一种在邪恶的祖国可以使我得到一张职业证书的职业时，我竟然选中了新闻工作。至今我都为此感到万分惊讶。在我工作过和现在仍然工作的报社里，我遇到的气氛都是自由的。所以我只能感谢我曾经战斗过的每个报纸编辑部。促使我保持这样的沉默达一年之久的原因是个人的怀疑、痛苦、对和平的人们来说这个可怕的时刻的悲观失望。

  但是，在使我不能果断接受这个音乐专栏的两个理由中，第一个理由具有强烈的个人色彩，这就是我的……是的，我的白头发。在这个世界上已经判定，秃头的人是不能提他的白头发的……归根结底，绝对的秃头是极为罕见的，这样的秃头适合佩戴假发。总而言之，这样的秃头，柏拉图认为是"世界上秃头的标准式样"。于是，在多数情况下，秃头就镶嵌上了幸福的头发，有的很谨慎，有的弄巧成拙，都是由于使人厌倦、头发变白的命运所致。这样的头发和其他长头发的两足动物毫无区别。我的头发就这样白了。是多次的斗争和大量的工作使它变白的。我提到它就是由于这个缘由。因为我觉得我像它一样疲劳，我已经不想在职业批评领域里奋力、斗争和吃苦了。

然而我确信，我们从来也不像现在这么需要巴西有一种真正的职业批评。我们的一切艺术正在迅速地从业余爱好的层次，至多是从间断的职业化，向正统的、正常的职业化过渡。一种职业艺术应该有相应的职业批评，在目前来说其作用是使这种艺术具有其职业化的意识。在它的众多价值中，我认为在我们的雕塑艺术方面，塞尔希奥·米列特艺术的最大的和精神上最高的价值就在于此。在我们的绘画中产生过和仍在产生的几乎令人痛苦的不安是在艺术家们面前展示这样一种批评形式，它不拒绝将它的见解变成花朵之战，目的是硬把花朵变成一种职业。

当然，我应承认，我的疲惫的白发正渐渐向花朵之战发展。但是在这种情况下有人提醒我，在报纸为我提供的栏目并非职业批评，因为这种批评已经交给受器重的人。就如通俗歌曲里唱的那样，我的音乐世界"在遥远的地方"。在那个世界，我可以做分外的事，可以任意发动花朵之战。这是因为，朋友们，因为存在一种花朵之战，这种战斗往往比职业批评的不可改变的公正更自由、更公开。这种战斗被非凡的葡萄牙随笔作家奥索里奥·德·奥利维拉称为"辩护式的批评"。这是我们对可敬的朋友们的批评，是对不理解和含有敌意的骗局预先进行的分析。因为花朵会在了解和爱心的老根上开放。

使我犹豫不决的第二个理由还要严肃一些，它和喜欢和平的人有关。我们生活在一个对人类具有决定意义的战争时期，我们的全部存在应该和战争相适应。那么，在这个战争时期，和平的艺术还有存在的余地吗？还有一幅维纳斯画像、一部心理小说、一场钢琴独奏音乐会……有存在的余地吗？答案只能是断然的：这一切都是治疗战争的办法，是反对神经战争的战争，是治疗身心枯竭的战士的巫医术。在发生战争的国家，艺术需要一块地盘。巴西也处在战争中，但是特别使我担心的是发现无数巴西人拒绝接受和理解"我们的"战争；同样，另一些人，为数更多的人也让我们感到不安：他们消失在完全满不在乎的迷雾中。这些不幸的人应该享受某种艺术吗？他们不是正在把艺术变作不理解和麻木不觉的新借口吗？……

我知道，在人的生活中应该有一种和谐的环境，使他能在现在这样的时期自由地欣赏杰米尼亚尼的小提琴或海顿的更愉快的钢琴曲，而想不到要去谴责它们。根本就无须把它们同我们这些反对一切绝对优势的战争的利益联系起来。当然，在附近就存在着艺术爱好者，第五纵队队员，他们在阴暗角落里把一切搅乱。但是另一方面，我面临两个月写新闻的时间，我必须注意我的世界，防止在那些卑鄙的人中间和我的自由的题目将只是静养我的疲劳的精神的日子里发生任何混乱。

在这种必须立即明确自己的工作性质的情况下，我想到了这第一篇文章，向我的读者介绍一位音乐家。我认为他是现代世界上最伟大的、应该受到世人最崇敬和学习的音乐家。对我来说，介绍这位音乐家是不存在选择的犹豫的。我说过，艺术是生活的要素，而不是幸存的要素。艺术家之存在，不是为了成为富翁或名人，而是为了用他的定义和判断在生活的过程中帮助人；我的信念，我的激情，毫不迟疑地将聂耳的名字印在这张纸上。在我们中间，知道这位伟大的中国人的人不多。我本人对他也不了解，我渴望了解他。多亏《音乐教育》杂志，我才能为他唱一支赞歌，介绍一下他的生活。

聂耳（不妨勉强地把他同我们的卡洛斯·戈麦斯相比），有一天从父母家逃走。但是他比我们这位音乐家幸运得多，他在路上没有碰到任何官员送他去意大利学歌剧。这位出生在云南的中国人很快遇到一群流浪歌手，跟着他们拉小提琴。他就这样开始了流浪生涯，时而生活在繁忙的码头上，时而生活在汗流浃背的城市工人中间，时而又生活在种大米的农民和茶农中间，他了解大千世界的各种人。他在他们中间生活，和他们一起干活，用小提琴的声音鼓舞着他们。聂耳的心中装满了故乡的歌曲。

在故乡的古老旋律的精神激励下,他也开始歌唱了。聂耳当时对音乐所知甚少,只会拉他的小提琴。但是他的富于人情味的歌曲以难以置信的速度传播开来,比如《码头工人歌》《开路先锋》《渔光曲》。他的歌家喻户晓,无人不唱,想唱歌的人都喜欢他的歌。

但是,众人最爱唱的、聂耳出于对他一生最重要的问题的关心而作的歌,却是"起来!"这支歌表现了他对压迫者日本人的仇恨。他睁大噙着愤怒的泪水的眼睛高喊:"起来!如果跟我一样不愿做戴枷锁的奴隶!"……全中国的人在"起来!"的呐喊声中站起来了。当然,人民的背后也有叛徒。但是千百万、成千上万的中国人高唱"起来!"最后连"勇敢的"蒋介石也认输了。感谢上帝。

不寻常的故事发生在日本人袭击沿海大城市的时候。中国的大学就在那些城市里,后来遭到了破坏。但是"起来!"的歌声总是回荡在师生中间。决定把大学迁到敌人达不到的内地去。铁路和火车都被破坏,也没有汽车和足够的卡车,没有任何运输工具,只好用师生的双肩把书和仪器扛走。仅有几副临时绑的担架由哲学、医学和文学系的"脚夫"抬着,把最重的仪器运走。

这是人类的全部历史上所知道的最罕见、最奇特的撤退。课没有停止。当走到一座树林的荫凉里,当一天的疲劳一步步换来夜晚的安静,必定有一位教授讲老子,有一班学生分析莎士比亚。有时会有一只日本乌鸦在云端轰鸣,迅速冲下来,又立即逃走。因为那些撤退者,骨瘦如柴的撤退者,只能用孔子的教导和对日寇的蔑视来回答。大家面临的是死亡和死亡的考验。三个学法律的学生濒临死亡,他们是最勇敢的。学方言的葡萄牙小学生已经死去,化学教授也离开了他们。"起来!起来!"大家唱起来。聂耳的颂歌发自大家的内心,在挂着眼泪的嘴上爆发。在聂耳的歌曲鼓舞下,大学慢慢撤退到了中国的边远地区。

聂耳?……他很久以前就去世了,是被日本人杀死的。有一天,他意识到自己肩负的责任,于是发生了思想斗争。毫无疑问,他把自己的歌曲服务于了中国的建设事业,把自己的全部力量献给了最早的爱国歌唱团的组建工作。但是这一切,无论其伟大的意义还是他实践的生动艺术,都不能说明他在技巧上的欠缺是应该的。他需要深造。但是去哪里呢？中国不具备他需要的条件；富足的美国或欧洲也不会接纳他这个乞丐和他的小提琴。他唯一可能的选择只有日本。

聂耳把他的朋友们叫在一起，把他的决定告诉他们。是的，他很清楚，他的名字在黑名单上，敌人很可能暗杀他。但是面对他对祖国所负的责任，他宁肯死去也不耻辱地活着。他又把他最亲密的朋友刘良沫找来，把最后的嘱托告诉他，便于1933年6月动身去日本了。他是小青年，还只有23岁。但是过了不到一个月他就死了。在检查了一具流血的尸体后，日本警察正式发表看法说："他是溺死的。"

聂耳是我们时代最伟大的音乐家。他非常清楚，在生活的某些决定性时刻，艺术应该自愿地服务。聂耳的见解促进了中国数百个爱国的歌唱团的产生。聂耳极大地推动了他的人民的觉醒。在他的祖国，谁都会唱"起来"。它已经变成中国千百万游击队员的国歌。聂耳是我们时代最伟大的音乐家。

与自己对话

[奥地利]卡夫卡

弗兰茨·卡夫卡（1883—1924年），奥地利小说家。著有短篇小说《判决》《变形记》和长篇小说《审判》《城堡》《美国》等。卡夫卡的小说无论是短篇还是长篇，在艺术风格上都独树一帜：内容怪诞离奇，形式新颖别致，摆脱了传统小说的束缚，深刻洞察现代人隐秘的内心世界。他的小说所描摹的正直善良又无力自助的"小人物"悲剧，在经历了两次世界大战后的西方民众那里得到了广泛的认同。卡夫卡对现代人孤独、迷茫的生存图景的描述取得了巨大成功，被尊为西方现代小说的开创者。

在我最近五个月的生活中，我什么也写不出来，我本该对此满意的，这种状态没有任何力量可以取代，尽管所有力量都有此义务。在这五个月后，我终于心血来潮，再度想要与我自己对话了。当我真的向我自己提问时，我还总是给予答复的。总有东西可以从我这个稻草堆中拍打出来。五个月来我便是这么一个稻草堆，其命运似乎应该是：在夏天被点燃，旁观者还来不及眨一眨眼，便已化为灰烬。这种命运偏偏要落在我的头上！它落在我的头上是再合适不过了，因为甚至对倒霉的时期我也毫无悔恨。我的状况不是不幸，但也不是幸福，不是冷漠，而是孱弱，不是疲惫，也不是其他兴趣。那么究竟是什么呢？我对此一无所知。也许与我写作无能有关。我相信我是理解这种无能的，却分明不知其因。比如说吧，一切闯入我脑子里的东西都不是有头有尾地闯入的，而是在什么地方拦腰截取的。谁有本事，不妨试试去抓住这些东西，试试去抓住一棵从当中开始长起的草。且抓住不放。有些人会这种技巧，比如日本杂耍艺人，他们在一架梯子上爬，这架梯子不是支在地上，而是抵在一个躺着的人的竖起的脚掌上，这架梯子也不是倚在墙上，而是悬空的。我不会这一套，更何况连用来支撑我的梯子的那样的脚掌也没有。这当然不能说明一切，这样提问题也不能令我开口回答。但每天按理说至少应该有一行文字是针对我的，就像人们现在用望远镜对着彗星一样。然而一旦我出现在那么一个句子面前，为那个句子所吸引，就像去年圣诞节期间那样，这时我就只能保持镇静，这时我真的好像踏着我的梯子的最上面一级了。但我的梯子是平稳地支在地上，靠在墙上的。可是那是什么样的地，什么样的墙！然而这架梯子却倒不了，于是它便被我的脚踏着往地上压。于是它托起我的脚朝墙上升。

看上去我像是彻底完蛋了——去年我清醒的时间每天不超过五分钟。因此我要么就期待着自己从地球上消亡，要么就必须像一个小孩子那样从头开始（尽管这是毫无希望的）。现在从头开始会比那时候容易得多。因为那时候我才刚刚有点微弱的意识去追求一种表达方法，想使每一句话都同我的生活有联系，每一句话都在我的胸中起伏，占据我整个身心。刚开始时我是多么可怜（现在当然大不相同了），那时写下来的东西里透出什么样的寒冷啊，它成天追着我不放！危险性那么大，不感到那种寒冷的时刻又是那么少，总而言之，这显然不能使我的不幸减轻多少。

有一次我想写一部长篇小说，写两个互相斗争的兄弟，一个去美国，另一个则留在欧洲的监狱里。开始我只是不时地在这儿写几行，在那儿写几行，因为我总是那么容易疲倦。有一次，那是一个星期天的下午，我们去看望祖父祖母，在那儿把常见的一种特别软的面包涂上黄油吃了个精光。这时我根据我的构思动笔描写那个监狱。当然，我当时这么做也许主要是因为虚荣，即想通过在桌布上把纸片推来推去，敲敲铅笔，在灯下四处观望，把某个人吸引过来，让他把我写的东西夺去，看看写些什么，然后对我表示赞赏。在那几行中我主要描写了监狱的走廊。特别是它的寂静和寒冷；关于那位留下的兄弟也写了一句同情的话，因为他是两个兄弟中的一个。也许我有一阵感到这些描写是没有什么价值的，但那天下午我对这种感觉并不怎么注意。因为我当时处在我已经相处惯了的亲戚中间（我是那么羞怯，以致在相处惯了的人们中间我能感到舒适一些），坐在我所熟悉的房间中的圆桌旁，总想着我很年轻，从目前这种不受干扰的状态出发我会干出大事业来的。一个老爱嘲笑人的叔叔终于从我这儿抽走了那张我只是轻轻地按着的稿纸，粗粗看了看，又递还给了我，连笑都没有笑，只是对其他几个用眼光追寻着他的人说："一般得很。"对我则什么也没有说。

我虽然还坐在那儿，像先前一样俯在我那张毫无用处的纸上，但我实际上被一脚踢出这个社会了。叔叔的判断在我心中不断响起，我觉得几乎具有真实的意义。从而使我得以在家庭感情内部也看到我们的世界那寒冷的空间。看来我必须用一把火来烧热这个空间，这把火就是我刚开始想要找的。

笔 记

[意大利]达·芬奇

列奥纳多·达·芬奇（1452—1519年），意大利文艺复兴三杰之一，也是整个欧洲文艺复兴时期最完美的代表。他是一位思想深邃，学识渊博，多才多艺的画家。他是一位天才，他一面热心于艺术创作和理论研究，研究如何用线条与立体造型去表现形体的各种问题；另一方面他也同时研究自然科学，为了真实感人的艺术形象，他广泛地研究与绘画有关的光学、数学、地质学、生物学等多种学科。他的艺术实践和科学探索精神对后代产生了重大而深远的影响。

  能创造发明的和在自然与人类之间作翻译的人，比起那些只会背诵旁人的书本而大肆吹嘘的人，就如同一件对着镜子的东西比起它在镜子里所生的印象，一个本身是一件实在的东西，而另一个只是空幻的。那些人从自然那里得到的好处很少，只是碰巧具有人形，如果不是因为这一点，他们就可以列在畜生一类。

  许多人认为他们有理由责备我，说我的证明和某些人的权威是对立的，而这些人之得到尊敬却是由于他们缺乏经验根据的判断。他们从来不考虑到我是由简单明白的经验得到我的结论的，而经验才是真正的教师。

  爱好者受到所爱好的对象的吸引，正如感官受到所感觉的对象的吸引，两者结合，就变成一体。这种结合的头一胎婴儿便是作品。如果所爱好的对象是卑鄙的，它的爱好者也就变成卑鄙的。如果结合的双方和谐一致，结果就是喜悦，愉快和心满意足。当爱好者和所爱好的对象结合为一体时，他就在那对象上得到安息；好比在哪里放下重担，就在那里得到安息。这种对象是凭我们的智力认识出来的。

我们的一切知识都发源于感觉。

欣赏——这就是为着一件事物本身而爱好它，不为旁的理由。

对作品进行简化的人，对知识和爱好都有害处，因为对一件东西的爱好是由知识产生的，知识愈准确，爱好也就愈强烈。要达到这准确，就须对所应爱好的事物全体所由组成的每一个部分都有透彻的知识。

眼睛叫心灵的窗子，它是知解力用来最完满最大量地欣赏自然的无限的作品的主要工具；耳朵处在其次，它就眼睛所见到的东西来听一遍，它的重要性也就在此。你们历史家、诗人或是数学家如果没有用眼睛去看过事物，你们就很难描写它们。诗人啊，如果你用笔去描述一个故事，画家用画笔把它画出来，就会更能令人满意而且也不那么难懂。你如果把绘画叫做"哑巴诗"，画家也就可以把诗人的艺术叫做"瞎子画"。究竟哪个更倒霉，是瞎子还是聋子呢？虽然在选材上诗人也有和画家的一样广阔的范围，诗人的作品却比不上绘画那样使人满意，因为诗企图用文字来再现形状，动作和景致，画家却直接用这些事物的准确的形象来再造它们。试想一想，究竟哪一个对人是更基本的，他的名字还是他的形象呢？名字随国家而变迁，形象是除死亡之后不会变迁的。

如果诗人通过耳朵来服务于知解力，画家就是通过眼睛来服务于知解力，而眼睛是更高贵的感官。

举个例来说明这一点：如果一个有才能的画家和一个诗人都用一场激烈的战斗做题材，试把这两位的作品向公众展览出，且看谁的作品吸引最多的观众，引起最多的讨论，博得最高的赞赏，产生更大的快感。毫无疑问，绘画在效用和美方面都远远胜过诗，在所产生的快感方面也是如此。试把上帝的名字写在一个地方，把它的图像就放在对面，你就会看出是名字还是图像引起更高的虔敬！

在艺术里我们可以说是上帝的子孙。如果诗所处理的是精神哲学，绘画所处理的就是自然哲学；如果诗描述心的活动，绘画就是研究身体的运动对心所生的影响；如果诗借地狱的虚构来使人惊惧，绘画就是展示同样事物在行动中，来使人惊惧。假定诗人要和画家竞赛描绘美、恐惧、穷凶极恶或是怪物的形象，假定他可以在他的范围之内任意改变事物的形状，结果更圆满的还不是画家么？难道我们没有见过一些绘画酷肖实人实物，以至人和兽都误信以为真吗？

如果你会描写各种形状的外表，画家却会使这些形状在光和影配合之下显得活灵活现，光和影把面孔的表情都渲染出来了。在这一点上你就不能用笔去表达到画家用画笔所达到的效果。

画家的心应该像一面镜子，永远把它所反映事物的色彩摄进来，前面摆着多少事物，就摄取多少形象。明知除非你有运用你的艺术对自然所造出的一切形状都能描绘（如果你不看它们，不把它们记在心里，你就办不到这一点）的那种全能，就不配做一个好画师，所以你就应谨记在心，每逢到田野里去，须用心去看各种事物，细心看完这一件再去看另一件，把比较有价值的事物选择出来，把这些不同的事物捆在一起。

画家应该研究普遍的自然，就眼睛所看到的东西多加思索，要运用组成每一事物的类型的那些优美的部分。用这种办法，他的心就会像一面镜子真实地反映面前的一切，就会变成好像是第二自然。

画家如果拿旁人的作品做自己的标准或典范，他画出来的画就没有什么价值；如果努力从自然事物学习，他就会得到很好的结果。罗马时代以后画家的情况就是如此，他们继续不断地在互相模仿，他们的艺术就迅速在衰颓下去，一代不如一代。